汤姆·斯威夫特和神秘彗星

【英】维克多·阿普尔顿 II 文
燕锐锋 等图
刘庆双 等译

江西·南昌
江西科学技术出版社

图书在版编目（CIP）数据

汤姆·斯威夫特和神秘彗星/(英)维克多·阿普尔顿Ⅱ文；燕锐锋等图；刘庆双等译. -- 南昌：江西科学技术出版社, 2018.3（2024.1重印）

（汤姆·斯威夫特丛书）

ISBN 978-7-5390-5880-1

Ⅰ. ①汤… Ⅱ. ①维… ②燕… ③刘… Ⅲ. ①儿童故事－英国－现代 Ⅳ. ①I561.85

中国版本图书馆CIP数据核字(2017)第050704号

国际互联网(Internet)地址：http://www.jxkjcbs.com
选题序号：KX2016051
责任编辑：饶春垚
特约编辑：姚　洋

汤姆·斯威夫特和神秘彗星
TANGMU SIWEIFUTE HE SHENMI HUIXING

〔英〕维克多·阿普尔顿Ⅱ　文；
燕锐锋　等图；刘庆双　等译

出版发行	江西科学技术出版社
社址	南昌市蓼洲街2号附1号
	邮编：330009　电话：(0791)86623491　86639342(传真)
印刷	三河市嵩川印刷有限公司
经销	各地新华书店
开本	700mm×1000mm　1/16
字数	114千字
印张	11
版次	2018年3月第1版　2024年1月第2次印刷
书号	ISBN 978-7-5390-5880-1
定价	39.00元

赣版权登字-03-2017-55
版权所有　翻印必究
（赣科版图书凡属印装错误，可向承印厂调换）

前言 QIANYAN

人总是离不开阅读,特别是在现代化信息时代,阅读无疑更是我们难求的一片宁静港湾,让我们有机会去感受、去体悟、去反思、去认证我们的这个世界和未来的世界。

科幻小说是一种起源于近代西方的文学体裁,在尊重科学结论的基础上进行合理设想后形成的文学作品,具备"逻辑自洽""科学元素""人文思考"三个要素。科幻小说与一般的传统小说不同,其特殊性在于它与科学技术的发展有着直接的联系,能让读者间接了解到科学原理。但它又是一种文艺创作,它扎根于社会现实,反映社会现实中的矛盾和问题,在科学技术发展的方向上,提供若干有参考价值的预见。有时,某些科学发明尚未出现,科幻小说里则已经进行生动的描绘,如潜水艇、机器人和宇宙航行等。

著名文学评论家布哈伊·哈桑曾说,科幻小说可能在哲学上是天真的,在道德上是简单的,在美学上是有些主观的,或粗糙的,但就它最好的方面而言,它似乎触及了人类集体梦想的神经中枢,解放出我们人类这具机器中深藏的某些幻想。

阅读科幻小说至少让我们有如下的感受：

一、文学的轻松愉悦

科幻小说的主题非常明显，它会涉及"未来"和"未知"、"科学"和"规律"、"生命"和"文明"、"生存"和"冒险"等等，每一本科幻小说都是一个全新的世界，每一次阅读都是一段全新、充满惊喜的精神旅程。

二、科学与严谨的想象

爱因斯坦说过，想象力比知识更重要，因为知识是有限的，而想象力概括着世界上的一切，推动着进步，并且是知识进化的源泉。通过阅读科幻小说，感悟其中的想象力，在人文、哲理的思索上，在思想道德意识的增强上所起到的作用是潜移默化的、是发散性的，其威力是不可估量的。

三、引发科学与理性的思考

科幻小说中的"科学方法"是一种有系统地寻求知识的程序，涉及"问题的认知与表述""观察与实验搜集证据""假说的构成与测试"。简单地说就是一个科学理论要经过观察、解释、预测、确认、评估、发表的程序，才能从一个假设发展成原理。科幻小说的"理性思考"就是遵从客观规律、进行逻辑分析的思考方式。

《汤姆·斯威夫特》系列曾是国外流行的科普小说，书中很多的科幻内容今天都已经变成了现实，它曾影响了几代读者，它伴随了很多人的成长。现以中文出版此书，相信书中的情节与科学，也会给中国读者带来同样的快乐体验。

目录 MULU

第一章　厄运之光……………………………… 001

第二章　会飞的羊……………………………… 008

第三章　地面上的闪电………………………… 018

第四章　消失的头发…………………………… 027

第五章　白脸俘虏……………………………… 035

第六章　鹰的线索……………………………… 043

第七章　紫色的粉末…………………………… 051

第八章　丁国神秘事件………………………… 060

第九章　燃烧弹之光…………………………… 071

第十章　让人惊讶的穿天火箭………………… 081

第十一章　致命武器…………………………… 090

第十二章　可怕的骑士………………………… 099

第十三章　汞的线索…………………………… 106

第十四章　天空幽灵 …………………………… 114

第十五章　要倒塌的大楼 ……………………… 122

第十六章　房顶上的追逐 ……………………… 131

第十七章　一份报告 …………………………… 139

第十八章　光的信使 …………………………… 147

第十九章　冒险的计划 ………………………… 154

第二十章　彗星征服者 ………………………… 163

第一章 厄运之光

"快看!那里还有焰火!"巴德·巴克利大声说。

夜空中耀眼的焰火像鲜花一样绚丽多彩,有红的、蓝的、黄的……巴德、汤姆·斯威夫特和他们的女友惊奇地看着这些美景。汤姆的妹妹是个漂亮的女孩,她小声说:"我想这应该是焰火最后一幕吧。"

另一个黑头发的女孩子是菲利斯·牛顿,他们四个年轻人正在肖普顿游艇俱乐部的平台参加舞会,最后一枚"穿天火箭"飞上天空,乐队开始演奏《友谊地久天长》。

现在展现在大家眼前的是一个全新且大家意想不到的场面!乐队几乎都忘记了演奏,大家看到艳丽的飞碟摆出不同的队形飞舞着、旋转着、扭动着。

汤姆奇怪地感到自己的头发好像都竖了起来。"这简直不是焰火呀!"他惊讶地说,"这是UFO吗?不明飞行物?"

菲利斯瞪大眼睛看了一眼年轻的发明家:"汤姆,你确定是UFO?"

"一定是！很明显它们不是由焰火驳船燃放的，他们的样子和新闻上说得非常相似。"

最近报纸上有很多关于看到UFO的报道，但没有几个人对此认真，汤姆自己对这些事情也表示怀疑，现在他亲眼看到了这些奇怪的物体了！

UFO的消息在平台上的人群中传开了，看到这个场面的人兴奋地叫喊着。

"我不相信UFO。"一个女人大声叫，"它们不可能来自外星球！"

一个男人的态度并不很坚决："这不会有错的，的确是UFO！"

巴德，这个健壮的小伙子，和汤姆一样都十八岁，都是飞行员和宇航员。他一下子抓住桑迪的手："跟我来！我们到阳台上用望远镜仔细看看！"

"好主意！"汤姆说。他搂着菲利斯的腰跟在巴德和桑迪的后面，挤过人群。

他们来到通往游艇俱乐部的落地玻璃门时，汤姆突然感到自己的肋骨好像被什么捅了一下。

"嘿！了不起的小伙子！你这个无所不知的万能人，告诉我天上的这些东西都是从哪儿来的？"

说话的是一个红头发、满脸雀斑的年轻人，汤姆认出来他就是兰斯·戈尔曼，是肖普顿的高中生，只要有机会他都要

嘲弄汤姆一下。

"我们的猜测是一样的。"汤姆平和一笑说。

"噢,那么,就不要和我们卖关子了。"兰斯抓住汤姆的衣领,怕他走掉,"我敢打赌,UFO是你们斯威夫特企业集团的科学大师们发射的!"

汤姆摆摆手说:"再猜一次,哥们,不过得谢谢你用这种方式表扬我。"

兰斯跟在他们的后面笑个不停:"很可能是因为你那个天才的工厂靠吹牛才让那些东西飞上天的!"

四个人进了通往阳台的楼梯间,巴德一脸不高兴的样子:"汤姆,你为什么不揍他一顿?"

"算了吧,兰斯喜欢开这种玩笑。"

"他只是有些嫉妒汤姆。"桑迪看了一眼哥哥笑了一下说。

在这个装修很像舰桥的阳台上,他们发现望远镜周围已经集聚了很多人,大家都嚷嚷着想要看看UFO,此时的UFO如同一颗色彩鲜艳的流星。

汤姆四个焦急地等着,想看一眼望远镜,巴德嘟囔着:"等轮到我们看的时候,那些东西早就消失了。"

就在这个时候,公共广播系统广播一条通知:"汤姆,听到后,请马上回到斯威夫特企业集团!"

"不知道出什么事情了?"桑迪问。

"我们在路上就能弄明白。"汤姆回答说,"赶快,咱们出发!如果我能及时赶到的话,我们可以用粗视显微镜空间推测仪看到UFO。"这是汤姆最近的一个发明,是一架电子望远镜。

四个年轻人赶紧来到一楼,他们从游艇俱乐部来到停车场时,天空中的那些奇怪物体还在发着明亮的光,映照在海港深蓝色水域中,闪闪发光。

汤姆一行人坐上巴德的红色敞篷小汽车,几分钟后,他们飞奔在肖普顿郊区的斯威夫特企业集团的高速公路上,企业集团是一个六千平方米的实验站,在这里,汤姆和他的爸爸老汤姆,搞出过一个又一个神奇发明。

"你认为这些UFO真的来自外太空吗?"菲利斯兴奋地问。

汤姆耸耸肩:"有这种可能。"

"很可能这是一个非常愚蠢的想法。"巴德插嘴说,"但我在想它们与我们今天听到的传言是不是有关系。"

"什么传言?"桑迪好奇地问。

汤姆告诉大家,斯威夫特的海外电视公司报道过欧洲科学家中间流传着一个神奇的故事,故事中提到有一个外星大国在开展一种惊人的彗星计划——一种足以震惊世界的计划。

"一个彗星计划!"桑迪眼睛睁得大大的,"像你计划的那个彗星探测仪一样,汤姆?"

"应该是这样的,我想,传言听起来可比我的计划精彩多了。"

"哎呀,我希望不是C国人在后面捣鬼!"桑迪担心地说。

"我和你想的是一样的。"汤姆表示赞同,他的脑子里也闪现出同样不安的想法,独裁统治的C国人不止一次地派出宇航员来破坏或阻挠斯威夫特的空间探索幻影卫星内斯特利亚的工作。

汤姆打开可折叠的短波无线电与企业集团联系,让他感到奇怪的是,工厂的话务员一点都不知道游艇俱乐部广播的事情。

"这就怪了。"汤姆挂断电话后说,"工厂本应该给我的便携铅笔无线电打电话呀。"

"那到底是谁给你打电话了呢?"巴德问。

汤姆回:"不知道,可能是你父亲或哈兰德·艾姆斯。"艾姆斯是斯威夫特企业集团的安保主任。

很快,研究站的高墙在黑暗中映入眼帘,汤姆和门卫友好地打了招呼。巨大的电控大门打开,让敞篷汽车进去。

大院内有很多楼群,里面是现代化的实验室、车间或停机棚,细高的无线电天线伸向天空,顶端是红色的障碍物标志灯。

巴德开车通过了工厂的大院,在白得有些吓人的十字路口转弯,把车停在了主楼前。主楼上的天文观测圆顶已经打开了,在观察口处露出了空间探测仪网格式的天线。

汤姆发现他和爸爸共用的办公室里面的灯还亮着。"我想那一定是爸爸还在里面工作。"汤姆说,"一定是他给我打了电话,巴德,你把两个女生带到观测圆顶,我先去找下父亲,后再去找你们。"

"好的,不要待得太久,天才男孩。"

几分钟后,汤姆从电梯里走出来,快步向办公室走去。巴德则带着桑迪和菲利斯去了天文观察圆顶。

汤姆转动把手,办公室的门开了,但让他感到奇怪的是里面空无一人。这是一个非常宽敞且豪华的办公室,厚实的地毯、舒适的皮面长沙发、宽大的会议桌,还有父子两人摆放的办公桌。另外,里面还摆放着斯威夫特父子发明的金属或塑料模型。

"可能爸爸也在观测圆顶里。"汤姆自言自语,"看看他留下便条没有。"

在汤姆打算走进房间里面的时候,灯突然熄灭了。汤姆一下子停了下来,有别人在办公室里?电灯出了毛病?

办公桌上有一缕奇怪光线,汤姆小心地朝光线走去。他看到的东西让他大吃一惊,在他的黑色皮革便条薄上面,有一行用黄色荧光漆写的字:

厄运降临给汤姆·斯威夫特。

汤姆低头看着桌子上的字时,听到了后面有一点小的响动。他一下子察觉到可能有危险。

当他正要站直身体转身的时候,太阳穴被重重一击。汤姆呻吟一下后,倒在了地上。

第二章　会飞的羊

电梯到了观测圆顶时,巴德和两个女生看到一个高个子的男人站在宇宙探测仪的控制面板前。

"嘿,爸爸!"桑迪拥抱了爸爸,"我们原以为你在楼下的办公室里。"

斯威夫特先生关上了粗视显微镜后,有些惊讶地转过身来。"噢!没想到你们会来,很高兴见到你们!"他朝着大家笑了一下,"这么晚了,是什么风把你们刮到这里来的?"

"三个人兴奋地告诉他关于UFO的事情。"

"现在还能看得到吗?"斯威夫特先生问。

"希望如此。"菲利斯说,"我们还能看到湖那边的光亮。"

桑迪补充说:"就在那个地方,这里正好能看得到。"

斯威夫特先生赶紧调整探测仪的线路,转动圆顶,让天线对准卡罗帕湖的方向,但是探测仪的屏幕上只显示了夜空,根本没有耀眼的彩色圆盘。

"它们消失了！"桑迪失望地快哭了，"我们来晚了！"

斯威夫特先生给当地空中交通管理部门打电话，问他们是否与奇怪的物体用无线电和他们联系过，控制主管告诉他，除了正常的交通外，在他们管控的区域内没有任何别的东西。

"运气不太好。"巴德做了一个鬼脸，"说到晚上的事情，我想起来汤姆怎么还没有来呢？"他快步来到墙边儿上的电话前，给斯威夫特办公室打电话，没有人接电话，他这么猜测着："一定是正往这里来。"

但是十分钟已经过去了，汤姆还没有出现。巴德用公共播放系统呼叫他，也没有任何反应。斯威夫特先生说自己没有给游艇俱乐部打过电话找汤姆。

菲利斯咯咯地笑了："可能是他兴奋过度，现在睡着了。"

"更大的可能是他把自己的鼻子埋在第五维的天体运动方面的书里面了。"巴德开玩笑地说，"我们必须亲自把他从书里面拖出来了。"

斯威夫特先生把天文观测圆顶的门关好后，四个人下楼回办公室。他们发现办公室一片漆黑，门没有锁。

"不太可能是汤姆离开前没有关门。"斯威夫特先生皱着眉头大声说，"屋里有人吗？"他打开灯，想看个究竟。

桑迪和菲利斯慌张地大叫起来，汤姆倒在自己办公桌前的地上，失去了知觉！

他们赶紧围了过来，斯威夫特先生给儿子做检查，发现汤姆的眼睛眨了一下，桑迪从急救包中马上取来氨水。不一会儿，汤姆醒了过来，给大家讲述刚才发生的事情。

斯威夫特先生一脸严肃的样子说："打开巡逻镜，巴德，我去给安保部打电话。"

任何没有佩戴特制电子手表的人，进入一定的区域后都会引发安装在研究站不同地方的警报声，这种手表原理是没有这种手表的人会被仪器捕捉不同的雷电脉冲。

"如果有人进入了大院，是否会自动触发报警？"桑迪问。

"只有在安保办公室。"巴德解释说，整个工厂范围内的警报系统最近关闭了，无法发现陌生人进入并报警。

胸肌发达的菲尔·拉德纳是艾姆的助手，很快和两名安保过来了。"不管这个人是谁，他一定是我们的职工。"他认真地说。

汤姆和爸爸担心地相互看了一眼："真是让人无法理解，拉德纳。"

"只有一个答案，我们的手表被偷走了一块。"拉德纳拿起电话下达命令，要求对大院和楼房进行搜查。

斯威夫特先生坚持把汤姆送到企业集团的医院，辛普森医生是工厂的专职医生，给汤姆检查后说没有发现严重的损伤。

第二天早晨，斯威夫特夫人，一位苗条的女人，给汤姆和爸爸端上早餐，父子二人谈起昨天晚上的事情。

第二章 会飞的羊

"最近UFO炒得沸沸扬扬,爸爸!"汤姆说,"你怎样看这件事情?"

"整个事情看起来有些奇怪,我们眼下真的很难评论。"斯威夫特先生回答说,"不过,我还有一些消息,你可能感兴趣,孩子,昨天晚上我观测到了一颗新的彗星。"

"这可太好了!"汤姆大声说。这些天体绕着太阳飞行,尾部发出光芒,都以发现者命名,所以汤姆补充说:"祝贺你的斯威夫特彗星!"

斯威夫特先生笑了:"这还不能算是官方的,我已经知会了天文观测台,当然还需要等其他观测台用普通望远镜确认。"

汤姆的眼睛里闪着极大的热情:"你认为这颗彗星适合我的探测仪不?"最近政府已经指派这位年轻的宇航员开展一项"探测科学空间里下一个经过地球的彗星"的工作。

"我认为不合适,在我没有足够数据确定它的轨道前,还是很难说。"斯威夫特先生回答说完看了一下自己的手表,然后打开电视机,"看看传言中提到的外星彗星计划有没有新的消息。"

屏幕上出现早间新闻,播音员介绍卡罗帕湖上出现奇怪的彩色圆盘,播音员接着说:"国外还有一条更为惊人的消息,据可靠来源报道,C国正在计划建设一颗人造彗星!官方发言人对这个报道不置可否,但他说如果发射这样的彗星,任何国家对其进行探测都属于不友好的行为。"

汤姆不禁一惊:"这个坏蛋是不是故意针对我们呢?"

"是的。"斯威夫特先生的脸上有些焦虑,他皱起眉头,"据我所知,我们是唯一计划探测彗星的人,C国一定特别乐于给A国制造一些麻烦。"

斯威夫特夫人低声说:"我的天呀,但愿不要这样。"

汤姆拍了拍妈妈的手,笑了:"不要担心,妈妈,这非常可能是他们的虚假宣传,不管怎样说,他们都不应该在自然界的卫星上放一块'不准接近'的牌子。"

但汤姆和爸爸还是把这件事儿放在心上了。在他们开车出工厂的路上,斯威夫特先生谨慎地说:"如果C国人具备这样的科学能力,毫无疑问,发射这样的人造彗星对于空间实验是非常有价值的。"

"同时这种具有强大公众影响力的噱头,也能让公众知道空间研究的热点。"汤姆提出自己的观点,"爸爸,你认为那个'厄运降临'警告信会不会是C国人写的?"

"我也在想着这个问题。"斯威夫特也在忧虑着,"如果是这样,这意味着敌人已经进入了我们的企业集团了。"

他们的汽车来到了主楼实验室,主楼前面有很多的员工,大家都很兴奋的样子。

汤姆从驾驶座位下了车。"出什么事儿了,山姆?"他问一名实验室的技术员。

"快上去看看吧,就是那个观测圆顶!"

斯威夫特父子惊讶得倒吸一口凉气。观测圆顶的已经关闭好的观察口上面有一只长着长胡子的落基山羊!

"太让人无法相信了!"斯威夫特先生惊讶地说,"这是谁弄上去的?"

"还不知道,先生。"山姆·克利维特回答说,"几分钟前有人发现的。"

工厂的安保开着吉普车迅速赶过来了。哈伦·艾姆斯是这里的安全主任,从车上跳了下来,脸被气得红红的。斯威夫特先生问:"这件事有什么思路没有,哈伦?"

"一点儿思路都没有,我刚才收到控制塔的话务员的电话。但我会很快把这件事儿搞得水落石出的!"艾姆郑重地说。

汤姆的嘴角颤抖了一下强憋住自己没笑出来,他对安全主任说:"山羊一定是从仿生学实验室来的。"

"问题是谁把它弄到那里的?"艾姆怒气冲天地说。他命令保安去取斥力雪橇。

这是汤姆发明的一种小巧且方便的运输工具,一般称作"飞毯",用来向月球运送物品。这种工具主要部分是坚固的金属平台,由斥力驱动——这也是汤姆的一个发明,它可以产生一个斥力波,让"飞毯"飘浮在地面上。

汤姆在等着斥力雪橇的时候,巴德开着自己的敞篷汽车来了。"快过来,飞行小子!"汤姆对巴德说,"帮我把空中那只山羊救下来。"

保安把"飞毯"带过来后,两个年轻人马上飞到观测圆顶上。长着胡子的山羊开始并不配合,巴德想要快速抓住他的犄角拉它下来,差一点从飞毯上掉下来。最终两个男孩还是把山羊从上面弄到了地面,看热闹的职工们不住地发出笑声。

"哦!"巴德松了一口气擦了一下额头,"就差那么一秒钟,山羊就要把我空投下来了。"

他和汤姆父子来到办公室,这时有一个通讯社的新闻记者打电话来问汤姆对于C国人彗星的反应。

"如果这是真的,这是一个有趣的想法。"汤姆告诉他,"鉴于C国政府不想对这个事情直接表态,我现在也不做任何评论。"

他刚放下电话,铃声又响了,这次是《肖普顿晚报》的丹·帕金斯打来的:"我听说企业集团里飞行山羊的事情了。这是怎么回事?"编辑直奔主题。

"到目前为止,还没有见到有长翅膀的山羊,但我会保持关注的。"汤姆开玩笑地说。

汤姆说完话后,艾姆来到办公室。汤姆把刚才的电话情况告诉了艾姆,然后接着说:"有人已经匿名给我们做提示了。"

艾姆哼着鼻子说:"天大的玩笑!帕金斯要在他的头版上撒满羊毛了!"

第二章 会飞的羊

电话又响了。"我的天呀！不会又有一只羊吧？"巴德在汤姆拿起电话听筒时说。

打电话的人声音很尖，有些刺耳。"把抓到的我的同伴还给我，你这个可恶的地球人！"打电话的人态度强硬。

汤姆平和地微笑着："好的，我会同意的，你的这个同伴长什么样呢？"

"两只犄角和一把胡子，我们的火星人都是这样的！"打电话的人回答说，然后他"咩咩"地叫了几声。

汤姆听到对方电话"咔嗒"一声后，也挂上了电话。"看样子消息已经传开了。"他告诉大家电话的内容后平和地说。

艾姆对这个"山羊"的恶作剧非常愤怒，对于谁搞的这场恶作剧仍是一头雾水，他对于昨晚的事件没有任何线索可言，"我们已经检查并分析了所有的雷达手表。"他告诉斯威夫特父子，"一块手表都不少。"

斯威夫特先生用手指敲着桌子，思考着："我们面对的是两个私闯进来的人，或者这两场事件背后只是一个私闯进来的人？"

汤姆用手摸着头上受伤的地方，懊悔地说："如果是同一个人所为，这个小丑的幽默感有些过分了。"

巴德大声说："也有可能这个家伙乘坐某种飞行物进入了工厂大院。"

"或许说是飞碟之类的东西？"汤姆开玩笑地说。

"不，也许是一架直升机。"巴德有不同的观点。

艾姆摇摇头："没有这种可能，昨晚拉德纳检查过飞行物报警雷达，性能没有问题。"

巴德耸了一下肩不再想讨论这个神秘事件了："我们做不做远程取样仪的试验了，汤姆？"

"当然做了，今天下午就做。"

"好的，我去检查一下'蓝天女王'，把一切都准备好。"

巴德离开了办公室，汤姆马上来到楼外，登上喷气摩托车来到实验室，开始研发彗星探测仪。但是汤姆无法集中精力，总是不断地回想起最近二十四小时发生的那些神秘事件。

午饭的时候，巴德急匆匆地来到实验室，脸上带着顽皮的笑容。"把你的远程取样仪的工作台收拾一下，汤姆！"他大声嚷嚷着，"乔马上就来了！"

不一会儿门被打开了，一个胖乎乎、肚子很大的人，穿着牛仔靴，慢悠悠地推着餐车走进房间。这个人就是乔·温克勒，是流动炊事车厨师，头上没有几根头发，皮肤被太阳晒得发红，他也是斯威夫特父子的主厨。

"美味的汤来了，男孩们！"他用低低的嗓音说，"看看我刚刚做好的巧克力蛋糕！"

"啊，好呀！看起来味道不错呀！"巴德说，他把一只手

伸进了工作台上样子很奇怪的设备中,然后把手抽出来,手指上沾满了巧克力霜。"尝起来味道也不错!"巴德舔了一下巧克力霜,咂了一下嘴接着说。

乔惊讶地眨着眼睛,他看着自己的蛋糕,然后盯着巴德,眼睛都直了:"比做牛排复杂多了,这都是怎么回事呀?"

虽然巴德离餐车有三米的距离,但蛋糕上的巧克力霜已经少了一大块!

第三章　地面上的闪电

"不要紧张，老人家。"巴德用安抚的语气说，"我没想自己独吞蛋糕，至少眼下没有。"他又把手指伸进工作台上的那个设备中，抽出手指后吃着手指上粘上的巧克力霜。

乔惊讶得嘴张得大大的，双下颏无助地颤抖着，在他的眼皮底下，蛋糕上的巧克力霜又少了一些！

"不要再取笑我了！"他叫喊起来，怒视着巴德，"我搞不明白你到底搞什么鬼！但有一点可以肯定，你在耍花招！"

看着乔如此狂怒的样子，两个男孩放声大笑起来。

汤姆把设备关上了："不要介意这个，乔。他不是偷你巧克力霜的人，是我的远程取样仪偷的。"

"你的远程什么东西来着？"

"远程取样仪，是我的一个最新发明，可以远距离取样。"

乔惊讶地看着装在塑料盒里面复杂的微电路，上面还有一个可以旋转的天线。天线环行的网格样的，中央伸出一个奇怪的短波雷达发射器,几乎就是小版本空间探测仪。从这个碟形天线引出一条弯曲的管子,通向一台盒子样的接收器。

乔来到近处,绷着脸,疑惑地把手指伸到天线里:"你说的意思是,这个远什么乱七八糟的东西来着,能从我的蛋糕里吸走巧克力霜,就像真空吸尘器一样吧?"

汤姆笑了一下:"噢,和真空吸尘器不完全一样,但的确是它吸走了巧克力霜。这台设备利用电磁波的作用取样,从理论上讲,至少可以在几十万千米里的范围内取样。"

"太不可思议了,蛤蟆都要长出角来了!"厨师不假思索地说,"那么,我要煮我老家菜豆的话,你们就可以在肖普顿直接从我老家取来菜豆,是不是这个意思?"

"如果视线不受影响的话就能取回来,我的远程取样仪具有足够的威力。"汤姆呵呵一笑接着说,"我希望能帮助你把企业集团的碗碟全都刷了,大哥。"

两个男孩吃过可口的午餐牛排和炸薯条后,乔又来看这个远程取样仪了:"它是怎样取来东西的呢,老大?"

"噢,天线集中发出脉冲束,使目标物体上的表层分子受震而松动。"汤姆把嘴里的饭菜咽下去后接着说,"这与光电电池释放电子的方式是一样的。"

"你是怎样让那些小的分子跑到你这里来的呢?""返回来的波束把它们带回到远程取样仪这里来。碟形天线上的管子起到了引导波的作用，把这些分子带到回收槽中，就是巴德取出巧克力霜的这个盒子。"

乔佩服地晃着脑袋："哈哈，这也太神奇了！哎呀，用这个叫什么名来着的东西，探矿人就可以在16千米以外的地方拿到金子了。"

"是的！"汤姆点头说，"实际上，今天下午，我和巴德要试验一台空中机载远程取样仪，这是专门用于探矿的一种型号，它像达蒙镜一样，发现放射性物质，或者像爸爸的金属探测仪一样发现金属。它实际上可以取来我瞄准到的任何样品，这也是我希望做到的。"

"这些光波能穿透土壤吗？"巴德问。

"不能，机载型的这种带有激光束，可以达到任何深度后取样，我的空间型的取样仪也具有发射激光束的能力。"汤姆补充说，"它们还会采用斯威夫特物质光谱仪自动分析和确定样品。在我的空间探测仪，我打算对远处的小行星或其他的天体进行矿物探测，它将是我的彗星探测仪的核心部分。"

"噢！乔，你想接下来这会怎么样？"巴德说，"可以设想一下取一小块彗星带回家！"

"当然是比镐头强多了，沙漠上探矿的人就用这种镐头。"乔摘下头上的厨师帽，"说到了科学，你看看我头上新长出来的头发。"

他原本光亮的圆脑袋上，长出几簇婴儿般的细发！"我

第三章 地面上的闪电

这里使用的是一个新品牌的头发再生药,有效了。"

"是头发?我看像是桃子上的绒毛。"巴德又来开玩笑了。

"不能让巴德总开我们的玩笑,乔。"汤姆接着话茬说,"让头发快点长,你会长出一脑袋头发的。"

乔瞪了巴德一眼,于是低下头让两个男孩仔细地看看,再摸一摸这些头发。两个小伙子表达了对头发的羡慕后,主厨摇摆着走出房间,用手指自豪地梳理着刚长出来的细细毛发。

两个男孩吃完饭以后,开着吉普车来到机场,"蓝天女王"已经从它的地下停机棚中升到了地面。这架巨大的三层飞机以原子能为动力,装备有喷气推举器,汤姆常把它称为自己的飞行实验室。

飞机旁边站着几位员工和机械师,汉克·斯特林,是企业集团的主任工程师。阿维德·汉森,体型健壮、技艺高超,一直给斯威夫特父子的新发明做样机模型。他们看到汤姆驾驶吉普车过来时,一起和他打招呼。

"准备好起飞了吗,机长?"汉克问道。

"一切准备完毕,汉克!"

"我们安装远程取样仪时遇到了一些麻烦。"亚弗汇报说,"但现在已经解决了。"

这时,马克·保林大步走了过来,他黑色头发,是一个年轻的天体物理学家,负责汤姆彗星探测仪的设备。"你的远程取样仪安装在哪里了，汤姆？"他问道。

"安在飞机头部座位舱的正下方，现在看不太明显，但启动远程探测时，发射部件会伸出来，这里安装有微波雷达发射器和激光发射器。"

两个男孩爬上飞机，汤姆坐在控制面板前面，巴德坐副驾驶。他们检查完飞行前的准备后，控制塔发出起飞指令，"蓝天女王"启动喷气推举器，飞机呼啸着垂直升上天空。

达到三百多米的高度后，汤姆让飞机水平向西飞行。到达选定的一片荒芜的山地时，汤姆慢慢降低了飞行高度："好的，你来驾驶，巴德，保持在这个位置上，等我的通知再向下一个目标前进。"

"收到！"

汤姆爬进了座位舱，坐进了一个狭小的单人座位里，前面是远程取样仪的控制面板。他打开开关，机器发出轻轻的嗡嗡声。汤姆搬动操纵杆，透过座位舱的舷窗看到发射器单元闪亮的发射管伸开并进入到合适的位置，汤姆找准下面的一块空地，调整好电路。

随着一道亮光，目标样品出现在读取面板上。汤姆笑了一下，打开回收槽的小窗口，取出一些略红褐色的物质。

"进展怎么样？"巴德用内部对话系统问。

"非常好，取的样品是硅酸铝，就是一般的泥土，我们去下一个目的地吧。"

第三章 地面上的闪电

"蓝天女王"向前飞行,汤姆再一次瞄准,调好远程取样仪的发射器。他看到读取面板上的指示时感到非常惊讶。在他就要打开回收槽时,地面上向上发出一道耀眼的弧光。

汤姆屏住呼吸,面板上的指示灯熄灭了,机器里冒出绝缘材料烧焦的酸味,他对着内部对讲系统说:"巴德!巴德!听到了没有?"

没有回复,汤姆从座位上一跃而起,爬上梯子来到飞行舱。巴德惊讶地看着汤姆。

"到底出什么事儿了,机长?"

"我也没弄明白。"汤姆回答说,"但我有一种不好的感觉,我可能碰上了地下的电缆线!设备出问题没有?"

"死机了,无线电和内部对讲机都死了。"

汤姆苦笑了一下。"真有些吓人,激光发射器一定是烧到地下的导管了,光束进一步烧掉了电缆外表的绝缘层。"

巴德问:"但这个闪光是怎么回事儿呢?电源和地面形成短路了?"

"正常应该是这样的,但部分电流沿着激光束带电的粒子传播上来,和闪电放电一样。"汤姆皱了一下眉头,用手指搔着自己的平头,"不管怎么说,这只是我的一个猜测,远程取样仪的微波作用非常复杂,很难搞得准确。"

这种突然的超载把"蓝天女王"的常规电力供应和自动备用系统击毁了,汤姆无法启用电子服务控制系统,于是手动驾

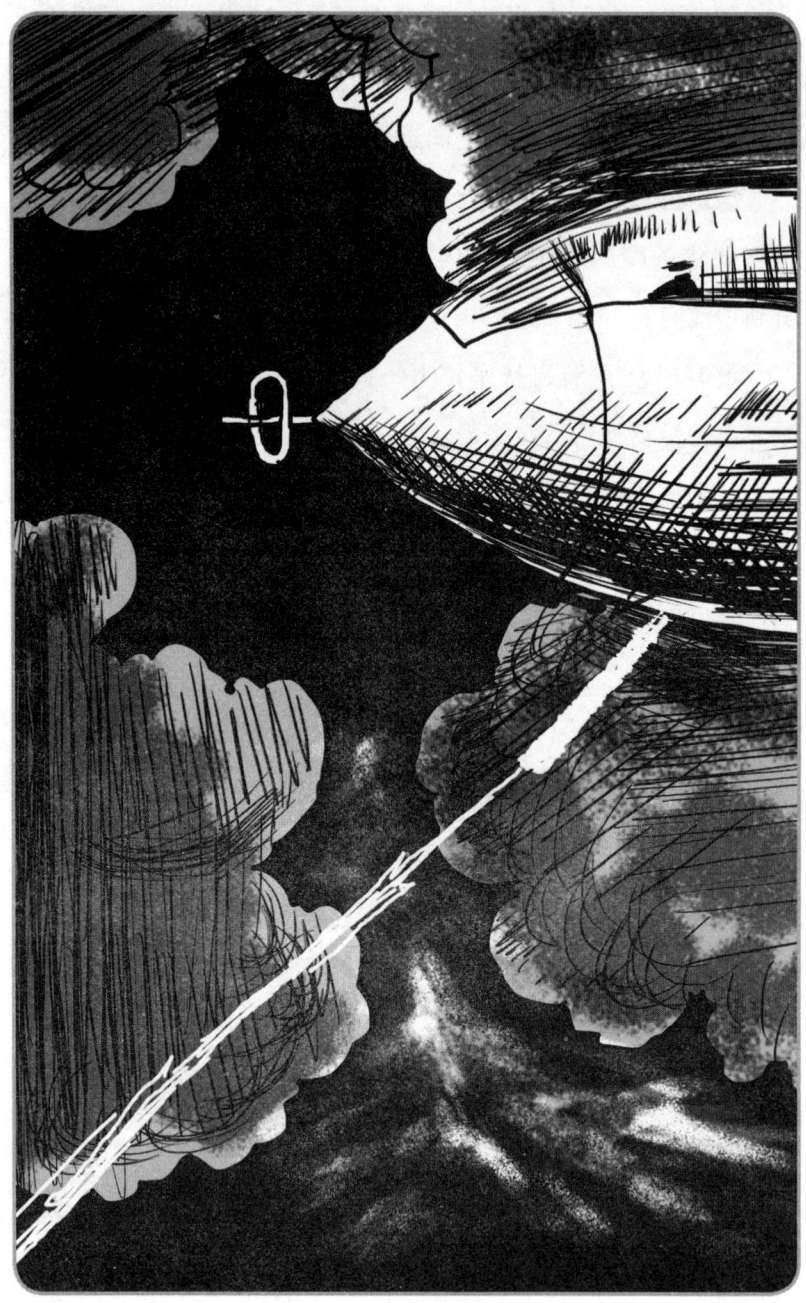

第三章 地面上的闪电

驶着飞机回到企业集团。由于无法用无线电和控制塔联络，他绕机场飞行，摆动机尾，一直等到地面给出绿灯后降落下来。

汉克·斯特林和其他一些人一直在地下停机棚中等待着汤姆的无线电报告，听到飞机降落的声音时他们快速来到飞机场。当他们听到汤姆飞机遇到的事情后，大家都有些郁闷。

"真是奇了怪了！如果我没有弄错的话，这应该是通向格林维尔的动力线。"他马上去停机棚里打电话，然后回来跟汤姆汇报说，"你把整个小城的电给停了！"

年轻的发明家叹一口气说："唉，我今天够倒霉的了！汉克，用直升机送过去一支抢修队，尽一切努力帮助他们修好线路吧。"

"马上执行，机长！"

汤姆给格林维尔市长和电力公司打电话道歉，答应斯威夫特企业集团支付所有的损失费用，然后在亚弗和巴德的帮助下，从"蓝天女王"上拆下了已经损坏的远程取样仪，把它运到了自己的实验室。

"这件事的确有些运气不好。"巴德同情地说，"这会让你的工作进展慢很多吗？"

汤姆耸了一下肩："希望不受影响，至少还有一个地方比较满意，远程取样仪在第一次取样时工作状态还是可以的。"

电话铃声刺耳地响了，他抓起电话："我是汤姆·斯威夫特。"

一个奇怪的声音说:"你承受得够多不,斯威夫特?你现在想不想求饶?"

"你是谁?"汤姆气愤地问。

"不要在乎我是谁,你好好等着新的麻烦吧,我就是要毁掉你们的'斯威夫特'!不等我把招数用尽前,斯威夫特企业集团就成为科学界的笑料了!"

电话的另一端传来了一阵疯狂的大笑,然后是对方挂断电话的咔嗒声。

第四章　消失的头发

汤姆慢慢地放下电话,对方的讥笑还在耳边回响着。

巴德看到朋友目瞪口呆的样子问道:"出什么事儿了,汤姆,是谁打来的电话?"

汤姆告诉巴德说这是一个恐吓电话,亚弗和巴德都感到很惊讶。

"很可能这个人与今天早晨那只山羊事件是同一个小丑。"巴德耸了一下肩。

汤姆不安地扶着自己的下巴:"有可能,但是打电话的人听起来不像是搞恶作剧。"

亚弗插嘴说:"你确定这个事件不是故意破坏吗?"

"我没有看出来。"汤姆摇摇头说,"不会有人做到让激光束射向动力线的。我猜想打电话的人只是想恐吓我。到现在为止,我的感觉还不太好。"

汤姆重新拿起电话联系安保部,把刚才接到电话的事情告诉哈伦·艾姆斯,艾姆斯听到后也感到很不舒服。

"给我的感觉是这人神经不正常，但现在没有办法追踪到这个电话了。"艾姆斯停了一下，"有多少人知道动力线事故的事情？"

"格林维尔没有几个人知道。"汤姆苦着脸说。

"好吧，我们从那里开始检查。"

汤姆的情绪还没有稳定下来，就去主楼找他的父亲，让亚弗和巴德拆开远程取样仪进行修理。

斯威夫特先生听到这个消息后感到很沉重。"很难想象这个人是谁。"他思考着，皱着眉头，"也许是敌特分子。"

"你知道有人对我们不满吗，爸爸？"

斯威夫特先生摇摇头。"科学家中间会有人嫉妒，但我想不出来是谁想要马上毁掉我们，"他耸了一下肩接着说，"好吧，没有必要因为这件事睡不好觉，已经有别的事情需要我们处理了，汤姆。"

他从桌上拿起一封电报，把它递给了儿子。

这是由政府官员签发的电报，要求斯威夫特父子明天，也就是星期三上午十点到W城参加一个紧急会议。

"我想，应该是关于彗星探测仪的事情。"汤姆焦虑地说。

"非常有可能，但是我们还得等等看。"

第二天早晨，父子两个乘坐他们自己设计的公务飞机出发了。飞机由汤姆驾驶向W城机场飞行，斯威夫特先生早就把驾驶

飞机的技术传授给自己的儿子了。

很快他们就在W城降落了,他们来到政府大楼的会议室,这里有军人、空间官员和国务院的代表。

蒙哥·德雷克是航天局的主任,他先开口讲话。"召开这次会议有两个原因,第一是要分析一下关于C国人彗星计划的传言。"他解释说,"C国人警告说有'不友好的行动',这会让我们有必要取消A国的彗星探测仪的项目。"

国务院的官员同意这个观点:"面对世界的紧张状态,我们必须避免这种事情的风险。"

汤姆表达出不同的意见:"你的意思是一颗彗星和另一个国家发生撞击吗,先生?什么原因让我们不能探测自然界中的彗星呢?"

斯威夫特父子都认为这件事很容易解决,但其他人不同意他们两人的观点。航天局的一位代表指出,面对C国人项目的秘密性和神秘性,我们不得不考虑到最不可能的事件。

他提出自己的论据:"据我们的了解,他们可能会设计出一种方案来吸引彗星或者控制它们的轨道。如果我们接触到他们俘获的彗星,他们就会找到借口来干扰我们的卫星和空间探测仪。"

其他人小声议论着表示同意这个观点,另一位官员说:"C国人非常聪明,特别是在处理这种事件上。我们现在还搞不清他们发现的彗星是不是属于人造彗星。他们对于这种传言不置可否，这已经把我们的双手捆绑了起来。"

"为什么让他们把我们捆绑起来呢？"汤姆反驳道，"我相信，他们对空间的认识远不如我们，他们的沉默实际上表示整个传言是虚张声势，这是一种阻碍A国彗星研究的把戏。"

"也可能是把我们拖向另一个麻烦的把戏。"国务院的代表提醒大家，"如果我们在外太空里撞到C国人的任何财产，我们都会被贴上入侵者的标签。"

斯威夫特父子强烈反对向C国人的虚张声势做可能的让步，两个著名的发明家的陈述已经让会议上的一些人开始动摇了。大家进一步讨论后，决定先推迟做出结论，大会通知汤姆先继续进行自己的工作。

蒙哥·德雷克正式地说："我们接下来讨论神秘的不明飞行物问题。现在还有些人认为这是一个毫无根据的东西，斯威夫特父子，你们怎样看这个问题？"

"这个问题让我的儿子来回答吧。"斯威夫特先生说。

汤姆笑了一下："我相信这些飞行物是有理由的，我在周一的晚上看到了UFO。"

"好的。"德雷克点点头，"这样说来，如果国防部对这种奇怪的飞行物开始关注，你不会感到奇怪吧？"

他把会议的主发言权让给了空军上将黑根，上将接着向大家报告了空军基地已经确认了多个UFO的目击事件，他们已经派出战术飞机跟踪这些彩色的碟子，发现它们以极快的速度突

然转向后消失。

黑根上将接着说,"但是UFO最为奇特的是,雷达无法发现它们,即使是在我们肉眼看得很清楚的时候也是如此。"

斯威夫特先生听到这话先是有些惊讶,然后说,"这可能也是我在粗视显微镜上没有捕捉到它们的原因!"

国防部的一个位科学家认为,这种飞行器可能有办法让雷达无法发现它们。他补充说:"唯一的答案,UFO不是真实的东西,只是一团幻觉。"

汤姆认为这个推测可能性很小,在会议结束前,他答应向他的宇宙朋友询问关于彩色碟子的事情。

几个月前,一枚来自外太空的黑色导弹落在了斯威夫特企业集团地面,上面刻有神秘的数学符号。汤姆和他的父亲已经解码了这些符号,然后用无线电和导弹的发射者取得了联系,他们是一些生活在太阳系以外的生物。无线电信号被整波后送到示波器上,变成可视的编码符号。

吃过午饭,斯威夫特父子飞回企业集团。他们立即来到空间通讯实验室,汤姆用高功率发射器发出一束信息。他们等待着友好的空间生物回答,现在已经过去几分钟了。

最后铃声响了,表明正在接受无线电信号,电脑正在进行解码。这种电脑是汤姆设计的,用来自动处理这些信号。屏幕上显示出奇怪的图形、几分钟后慢慢地消失了,接下来是在卡带上输出的翻译结果：

我们对地球天空上出现的奇怪飞行物特别感兴趣，我们不清楚它们是不是空间飞行物，但是我们会保持对它们的关注。

"他们和我们一样都不了解。"斯威夫特先生说。

"如果UFO是一种空间飞行物，奇怪的是他们还没有见到过这种飞行物。"汤姆说出自己的看法。

汤姆还在思考着这个问题，回到实验室修理他的机载远程取样仪，很快巴德也过来了。下午过去一半的时间时，实验室的门开了，原来是乔·温克勒推着他的餐车进来了。

"吃点儿午后点心吧，朋友们。你们可以休息一下大脑，给胃里填些东西。"

汤姆笑了："乔，你是最了不起的人。"

两个男孩从车上的可可壶里弄了一些饮料，胖厨师开始讲述他使用的蛇油生发灵的神奇效果。"这是一个朋友生产的。"乔说，又自豪地让大家看他毛茸茸的头发。

巴德喝了一大口可可，没等咽下就大咳起来。汤姆同样也大咳起来。

"真是奇了怪了！"巴德大喊着，"你在可可里加什么的。"

乔惊讶地看着他们："只是可可呀！"

"还有别的东西吧！"巴德大发雷霆，眼里流泪，"这种东西足以把我的扁桃体炒熟！"

第四章 消失的头发

"里面掺有塔巴斯科辣酱！"汤姆还在咳着。

巴德去到实验台前的水龙头喝冷水。"这个把戏实在不地道！还想用你那个巧克力的恶作剧吗？"他根本不听乔在大声重复着自己很无辜。

"天地良心呀！我什么东西都没往里面放！"乔不停地强调，他弯下腰想闻一闻可可。汤姆突然注意到主厨头上居然光光的，和以前一样的光秃秃的了。

"嘿！"汤姆大声说，"你头上的头发哪儿去了？"

乔摸了一下自己光滑如象牙的头顶，发出了悲哀的声音，"都没有了！我的绒毛头发不见了！"

巴德向门口跑去。"快看看远程取样仪的回收槽！"他坏笑着大叫着。

这台机器曾经偷过他的巧克力霜，乔直盯盯地看着这台机器，脸上写满了愤怒。"让我的头发回来吧，行不？我用你的命来换我的头发！"他几步奔到门外，追赶巴德。

汤姆觉得嗓子还很不舒服，看到这个搞笑的场面，没有来得及关闭远程取样仪就跟着乔出去了。

大门的门卫打来电话说："这里有一位漂亮的老太太想要见你，汤姆，她说她是艾伯纳西夫人。"

"她来这里想做什么？"年轻的发明家问。

"她不想说，只是说她有最重要的消息要告诉你。"

汤姆迟疑了一下，担心老太太可能会是一个骗子，但他又不想没有礼貌地对待人家:"好吧,迈克,带她上来吧。"

几分钟后,吉普车在楼下停了下来,一个戴着眼镜、灰色头发的老太太坐在副驾驶的位置。

老太太来到汤姆的实验室,汤姆和她打招呼:"请坐,艾伯纳西夫人,您来见我有什么事儿吗?"

老太太在椅子上坐了下来,急切地向前探着身体:"我知道UFO的秘密!"

第五章　白脸俘虏

艾伯纳西夫人说出有关UFO的惊人消息,让汤姆很吃惊。还没等他做出回应,实验室的蜂鸣器响了。

汤姆的眼睛快速地转向墙上的面板,红灯在闪烁着,这是安全部门发出的私人警报,工厂里发现了外来者。

"对不起。"汤姆对客人说,他站起身,打开巡逻镜。

屏幕上一个快速滑动的光标指着一个小小的光点。汤姆看到指示的位置,大吃一惊,外来者就在汤姆自己实验室的大楼里!

这时他有了一个想法:"艾伯纳西夫人,在门口有人给你雷达手表没有?"

"噢,啊,是的,当然给了。"她回答,一脸忙乱的样子,"有什么问题吗?"

汤姆向这位老太太笑了一下。"看起来好像有些小麻烦,但你不要担心。"他回答说。

汤姆给安保部打电话。"雷达报警有什么提示?"他问值班的电话接听员。

"几分钟前,光点启动了我们的主巡逻镜。"电话接听员汇报说,"我们没弄明白,外来者为什么进来时没有被马上发现。艾姆斯正在赶往去你实验室的路上,还带了一支保安小队。"

"非常好!他们已经到了!"汤姆说,看着窗外,两辆吉普车快速停了下来。

哈伦·艾姆斯从吉普车上跳下来,向他一起来的保安下达命令。几名安保人员呈扇形包围了出口,汤姆在实验室的大门口见到了艾姆斯。

安全主任问:"大楼里准备好了吗?"

年轻的发明家点头:"我有一位客人,但她是有手表的。"

"好的,非常好。"艾姆斯转向自己带来的人员,"我们从下向上搜索,一层层搜,搜索所有的房间。搜索所有可能藏匿的地方!梅克,你来看着走廊。皮特斯,你盯住防火楼梯!"

汤姆自己非常想加入搜索工作,艾伯纳西夫人听到了他说的话,好像被这个突然事件搞得非常不适应。汤姆给她做了解释,然后抱歉地说,"你能回我办公室吗?在那里等着我。"

"好的,当然可以。"她说。

汤姆向一个实验管理人员跑去,请他用车把客人带到主

楼。两个人离去后，汤姆想："我得检查一下实验室，还有对门的生活区！如果外来者有办法避开雷达，他可能是几个小时前就已经进来了，就是说在我没有去W城前就已经进来了！"

汤姆朝着实验室的储藏室走去，想到里面看一下，在他经过巡逻镜前，突然停了下来。

屏幕上的光点消失了！

年轻的发明家先是一惊，然后冲到楼梯间，叫来艾姆斯。安全主任跑了过来，汤姆把看到的事情告诉他后，他也有些糊涂了。

"这个家伙不可能跑掉呀！"艾姆斯肯定地说，"所有的出口都有人看守，不可能走掉。"

突然，汤姆瞪大了眼睛，他打了一个响指："哈伦，我猜想，是不是光点由我的这个客人引起的。"

"你说过老太太戴着手表。"艾姆斯不同意汤姆的分析。

"是呀，可能是手表不好用了，在她坐在副驾驶的位置上时，司机的手表一起屏蔽了两个人的脉冲。这就是为什么她在进入实验室时没有被分辨出来。"

汤姆指着巡逻镜："如果我的推论是正确的，那么，她在主楼前从汽车上下来时，还会被认定是外来者。"

两个人看着屏幕，很快光点又出现了，这一次光点是在主楼前！

"你的直觉对了！"艾姆斯说，"我们最好马上过去，看一下她的手表。"安全主任要大家终止搜索，但让保安人员留在出口，以防万一。然后他和汤姆乘吉普车来到主楼。

艾伯纳西夫人，舒服地坐在斯威夫特办公室外面的椅子里，正在和办公室秘书特伦特小姐，说着话。

"请原谅给你带来的麻烦。"汤姆向来访的老太太道歉，"让我看看你戴的手表可以吗？"

"当然没有问题。"艾伯纳西夫人说，同时把手伸到袖子里，取出手表。

手表是一个粉色的塑料壳，表链是一串珠子，汤姆眯起眼睛。"手表与我们的不一样呀，哈伦！"看到手表后他脱口说出来。

"你的意思是给她的手表是假的？"艾姆也很吃惊。

"是的，应该是一个仿制品。"汤姆拿来表壳对着光线看一下，"看到没有？里面几乎没有电子元件！"

艾姆斯惊讶地看着："一定是有人在门卫那里把这个手表换成假的了。"

"是的，如果是最近的一两天内调包的，那么真正的手表一定消失了。"

"你是怎样知道的呢？"艾姆斯问。

"自周一出现的那个事件后，你和拉德已经数过所有的手表。"汤姆提示说，"如果真的手表丢失了，那么，你们一定

能发现手表少了一块。"

艾姆用一只拳头击打了另一手的手掌:"这就解释了这里现在发生的事情!工厂里一定有一个外来者。他没有被雷达发现的原因就是他戴着我们丢失的这块手表!"

汤姆在地板上踱着步,一边点着头:"手表调包应该是发生在某个厂内游览团,比如说是七月四日的那个。调包的人一定是在门口拿到了真正的手表,然后在离开时上交了一块假的。"

"这还不能解释之后这个人是怎样溜进工厂的?"艾姆不同意汤姆的推理。

汤姆突然停了下来,脸上出现奇怪的表情。"哈伦,我认为我搞明白背后的人是谁了!"他严肃地说,随手拿起特伦特小姐桌子上的电话,"这个电话会搞定我刚才的推理是不是正确了。"

乔、巴德和实验大楼里的很多人还不知道雷达报警的事情,乔一直在追着巴德,上下跑了好几段楼梯了,早已累得上气不接下气了,最后无奈地不再追了。

乔摇摆着回到了走廊,还在抱怨着自己丢失的新生毛发,厨房储藏室发出的轻微的声音引起了他的注意。

乔向里面看着,在一堆食品盒子下面,他看到有一只穿着便鞋的脚露了出来,有人藏在食品盒子的后面。

乔心里想道:"原来你藏在这里呀,你这个臭小子!看你还有什么花招儿，呢？好吧，我们现在就了结这件事儿！"

乔打了一个哈欠："看我累得这个样子！"他大喊着，摘下围裙，戴上牛仔帽，关掉了灯，他向走廊走去，故意把高跟牛仔靴踩出很大的声音，然后使劲地关上门。但他并没有走开，而是像印第安人一样在黑暗中等在外面，时间一分一秒地过去了。

不一会儿乔听到了响动，他紧靠在墙上，看到里面一个黑影正在摸索着从储藏室出来进到厨房。

乔像豹子一样，一下子冲了过去！从台子上抓起一个面粉盒，凭着声音和直觉向这个人的头上砸去。听到窒息的叫声，他知道自己正好打中目标！

乔高兴得大叫着，顺手打开了灯的开关，被他砸中的人咳嗽着、嘟囔着，挣扎着取下头上的面粉盒。

这时乔满脸的表情凝固了，被他砸中的人满脸都是面粉，几乎看不出来是谁了——但这一定不是巴德！

"一切都乱套！你是什么人？"厨师问到。

满脸面粉的人没有回答，撒腿朝出口跑去！虽然乔的体形很大，但反应很快。他伸出一只脚，把这个人绊倒了。

乔迅速从抽屉里取出一条绳子，把这个人的四肢绑了起来，就像给小牛烙印时一样，结结实实，然后用内部对讲机呼叫汤姆。

第五章 白脸俘虏

几分钟后,汤姆和艾姆斯、巴德来到厨房。被抓住的人已经坐在凳子上,乔指着他说:"不知道这个人是谁,老大,但我认为我捆着的是一只猫头鹰,就是他这些天给我们弄出来很多的事儿!"

汤姆看着这个如同戴上了白色面具的人笑了:"好呀,乔,干得不错,不过你可以把他松开了,他是我的一个熟人。"

第六章　鹰的线索

"你的一个熟人？"乔应声说，先看了一眼汤姆又看了一眼被捆着的人，"一脸都是面粉，你怎能认出他是你的熟人呢？"

"靠直觉嘛。"汤姆说，"等把脸上的所有东西弄掉后，我想我们就能知道他是一个小丑，叫作兰斯·戈尔曼。"

乔在给这个人松绑，巴德取来了毛巾擦去面粉，露出来的是一张长有雀斑的通红的，懊恼的脸。看到这样的脸，巴德着实笑了好半天。

这和汤姆怀疑的一样，抓住的这个人是兰斯·科尔曼，就是在肖普顿游艇俱乐部戏弄他的那个高中生！

"你在脸上涂这么多的脂粉想做什么呢？"巴德故意戏弄地说，"没想到这有些不搭吧？如果想搭，那你还得用用唇膏。"

汤姆解释说，他想起来七月四日有一群高中生来过工厂，于是猜想到兰斯就是这个神秘进入者。于是兰斯有机会准备一块假的手表交给门卫，然后弄到了一块真的手表。

关于游艇俱乐部的扩音器呼叫事件，汤姆是这样推理的：兰斯从巴德敞篷汽车里取来钥匙，打开了车的后备厢，进到里面，但没有把它盖得很严。汤姆一些人听到扩音器的呼叫后开车回到斯威夫特企业集团。兰斯顺利地进入工厂，没有被看到。

"我想给科尔曼打电话，然后给他的一个邻居打了电话。"汤姆说，"邻居告诉我，科尔曼夫妇到外地度假了，从周一开始他们就没有见到过兰斯。"

兰斯老老实实地承认了汤姆的推理是正确的。这个满脸雀斑的小伙子还想装出强硬的样子，这时哈伦·艾姆斯来到他的面前抓住他的衣领。兰斯咽了一下口水，看到安全主任一脸怒气，不敢再周旋下去了。

"听着，你这个自作聪明的家伙！"听得出来，艾姆斯的语气中还很生气，"你想到没有，你给这里带来了多少麻烦？我们完全可以按破坏工厂的安全把你交给警察！"

"是开……开……开个玩笑。"兰斯有些颤抖了。

"噢，当然，你的玩笑有些开大了。"巴德插嘴讽刺地说，"你居然还在周一晚上把汤姆打晕了。这个可有些过分了吧？"

"什么？"兰斯的脸上真的有些害怕了，"我从来没有做过这样的事情！"

"没有?我难道不知道是你在他办公桌上的便签薄上写了'厄运降临'这个词儿吗?"艾姆斯追问到。

兰斯害怕地摇摇头:"我根本就不知道你们在说什么,先生!"

"但你把一只山羊弄到观测圆顶上吧?"汤姆追问道。

兰斯咽了一下口水,点点头:"我用了你们的一条飞毯把羊弄上去的。"

"第二天早晨你给《工厂快报》打电话说了这个消息,还打电话戏弄我你丢了一个火星同伴?"

兰斯又点了点头:"我在员工大厅里的一个付费电话亭里打的。"

汤姆笑了,接着说:"今天你还在我们的可可里加了塔巴斯科辣酱吧?"

脸上长雀斑的男孩承认了这些恶作剧的时候,巴德向乔做个一鬼脸,表示歉意。

"我们现在得着手解决真正重要的问题了。"艾姆斯低声说,"昨天汤姆把动力线搞短路后,那个电话是怎么回事儿呢?我是指那个恐吓要毁掉斯威夫特父子的那个电话,是不是你笑得跟疯子一样然后挂断了电话?"

"不是我,先生!"兰斯认真地说,"我只打过关于羊的电话,只有这一个电话。"

面对艾姆斯敏锐的目光,兰斯开始发抖,额头上渗出了汗珠。

"也许你没有说谎,也可能是你在说谎。"安全主任厉声地说,"你仍有周一晚上事件的嫌疑,我想最好把你送到警察局,让他们来审问你。"

"算了吧,哈伦。"汤姆说,"我确定兰斯说的都是实话,他不可能从车的后备厢出来,然后同时进到办公室,写下那个词后再把我击晕。"

兰斯放心地咽了一下口水:"谢谢你,汤姆,太谢谢你了!我保证我不会忘记这件事儿的!"

"他惹出这个麻烦,你还想放他一马?"艾姆斯问汤姆。

"我不是说不惩罚他。"汤姆回答说,"但是没有必要让这个恶作剧把我们搞得安静不下来。我们不得不承认,玩这种绝技,没有精明的设计和胆量是不可能的。"

"对于这件事儿,你可真讲究。"兰斯不敢大声说话了,脸红红的。

汤姆思考着看着兰斯:"如果你不再胡来,兰斯,企业集团会接纳像你这样的人,你来我们这里做个暑期工,当实验员怎么样?"

兰斯一下子高兴起来:"这是真的吗?"

"如果你能像个样子,当然这是真的——而且还是一直像样子。"

第六章 鹰的线索

"那你就看着我吧!"

"一言为定。"汤姆转头看着巴德,"带兰斯去人资部,和他签约,说我想把他安排在乔纳斯·考德的部门。"

"马上就去办!"巴德给汤姆使了一个眼色,他知道考德是企业集团做事最严格的人。

两个人离开了,艾姆斯不解地皱起眉头:"我希望关于这个家伙,你可别犯错误,机长。"

乔说话了:"用的我话说,汤姆是非常的宽宏的。"

"你能把他逮住,非常厉害,老哥。"汤姆回应说,他的脸变得严肃起来,然后接着说,"现在唯一的麻烦就是我们还没有抓到真正的坏蛋,就是那个想毁灭我的人。"

汤姆边思考这个问题边向主楼走去,他看到艾伯纳西夫人和他的爸爸正在深谈着。爸爸刚刚从费林岛的斯威夫特火箭基地视察回来,他只在这个离大西洋海岸不远的岛上停留了两个小时。

"很抱歉有这么多的事情干扰。"汤姆对他的客人说。

"艾伯纳西夫人刚才在跟我提到她坚持让她的丈夫做的研究工作。"斯威夫特先生告诉汤姆,"在他去世之前,艾伯纳西博士是顶级的临床心理学专家,我曾读过他写的一本非常好的教材。"

汤姆的眉毛惊讶地扬了起来,看样子这位艾伯纳西夫人不是一个只对飞行有奇思怪想的和善老太太!"我很想听一下您的UFO的理论！"汤姆对她说。

"首先，我必须告诉你，我是亲眼看到他们的。"夫人说。

"真的，在哪里？"斯威夫特先生问。

"在我最近访问一个古老部落的时候，就是在I国北部的林区。"艾伯纳西夫人解释说，"在村庄不远的地方发生了森大大火，村民们正在救火，这时一些耀眼的光碟子突然出现在空中。"

她接着说："这时一只受到惊吓的鸟儿开始乱飞，这是一只鹰。不管你信不信，我看到这只鹰直接穿过了这个碟子！"

汤姆和他的父亲疑惑地相互看了一眼。

"你是在说UFO不是用一种有实体的物质制造的吗？"汤姆问。

"鉴于一只鸟可以穿过它，我认为这个碟子根本不是真实的东西。"艾伯纳西夫人回答说，"我个人认为，飞行的物体是想象出来的。对于我和古老希腊的人来说只是一团幻觉。"

这与W城会议上的国防部科学家是同样的一种理论！汤姆感到很震惊。

"是什么让这些人看到了这种幻觉呢？"他问道。

艾伯纳西夫人耸了一下肩。"我们对人类的大脑还有很多不了解的地方，但是被催眠的人可以看到一些根本就不存在的东西。而且，处于某种激动状态的人也会有很多的幻觉。森林大火时，我们都很激动，也很累，这可能让我们产生UFO的幻觉。"她补充说，"印第安人在森林大火发生前就听说过UFO的故事和报道，这可能会在他们的头脑中植入了这些想法。"

斯威夫特先生若有所思地点点头："这件事很有趣，你觉得呢，儿子？"

汤姆皱了一下眉，搔着自己的平头："坦诚地说，我不知道该怎样想这件事，那天晚上我、巴德和女生们都看到了UFO了，当时有很多的焰火，大家都非常兴奋，这些情况和艾伯纳西夫人的理论是相吻合的。"

客人走了以后，汤姆说出了自己的想法："这些碟子飞行得特别快，爸爸。面对森林大火，我认为就是最有训练的观察专家也可能看错东西。不管怎样说，这离科学的证据还有很远的距离。"

"你的话非常有道理。"斯威夫特先生同意他的看法。

汤姆告诉爸爸在工厂内找到了兰斯·戈尔曼，而斯威夫特先生总喜欢看到事情好的一面，哈哈地笑了，非常支持汤姆雇佣这个小伙子。

斯威夫特先生看了一下自己的手表："已经过了五点了，孩子，我们今天准点回家吃晚饭，给你妈妈一个惊喜怎么样？"

汤姆也笑了："非常好的主意，爸爸。"

就在他们要离开时，特伦特小姐给办公室送来了一封信，"这是特别快递送来的。"她说。

这是一封印有D国邮戳的开口信，收信人是老汤姆和小汤姆。"是卡尔·史密斯来的信！"斯威夫特先生看到信喜出望外。

史密斯博士是斯威夫特一家的老朋友，他是D国T城大学的科学史教授。

从信的字迹中可以看出是在匆忙中写的，斯威夫特先生读着信的内容："我亲爱的朋友，我很快就要到A国，希望能到你们的斯威夫特·企业集团看你们。我有一件事想告诉你们，我认为这对你们两人非常重要。真诚的卡尔·史密斯。"

"看起来真的很重要。"斯威夫特先生说，"他还在信中夹了别的东西。"

"夹什么东西了，爸爸？"

"好像是一张牛皮纸，可能是某个手稿。"斯威夫特先生皱着眉头，把这张牛皮纸递给了儿子。

墨水都已经褪色了，上面的符号也很特殊！

第七章　紫色的粉末

汤姆仔细地研究着牛皮纸上写的这些奇怪符号:"这些是不是炼金术的符号呢?"

"你说的对。"斯威夫特先生说,"这个符号是金子或是太阳,这个是汞,但有一些我也认不出来,看起来好像是阿拉伯文。"

"很多知名的炼金术大师都是阿拉伯人,对吧?"汤姆问。

斯威夫特先生点点头。"是的,是这样的,尽管炼金术科学,如果可以称其为科学的话,可以追溯到古代的埃及。"

父子俩人都知道炼金术在中世纪最为盛行,很多的研究者花费毕生的精力想要制造出一种叫作"点金石"的东西,它可以把一般的金属变成金子。虽然有很多的骗子,但是他们的工作为现代化学奠定了基础。

"我在想史密斯博士为什么把这个东西放在信封里呢?"汤姆问,"你认为这张纸会与他想告诉我们的东西有关吗?"

"也许有关，但非常奇怪他没有告诉我们为什么把这张纸放在信封里。"斯威夫特先生想了一下，"当然他是教科学史的，所以有可能这是从哪个手稿上撕下来的，意外地放进了这个信封。"

斯威夫特父子无法解释这些问题，于是先开车回家。

第二天吃早饭时，汤姆打开电视新闻。"也许我们能听到有关C国人彗星计划的一些进展。"他满怀信心地说。

新闻播报员首先介绍了肖普顿有一个男孩，到采石厂寻找岩石标本，没有回家。人们担心他可能遇到了意外，现在已经组织了一个搜索小组。

"我的天呀！但愿能找到这个孩子！"斯威夫特夫人小声而担心地说。

新闻没有提到C国人造彗星的传闻，但到了新闻结束时，播报员正式宣布："现在有一条飞碟迷们感兴趣的消息。UFO研究俱乐部，保留着这种奇怪的空中碟子的残片。将于周六在拉克林大厅举办一个公开的会议，欢迎公众踊跃参加。特邀发言人是肖普顿著名的年轻发明家——小汤姆·斯威夫特。"

汤姆看了一眼全在吃早饭的家人，感到非常惊讶。

"你要讲哪个方面的内容呢？"桑迪呵呵笑着问，"火星山羊？"

汤姆也呵呵笑了："首先我听说过整个事件，这一定是一

第七章 紫色的粉末

个误会或者是一个恶作剧。"

但是，汤姆对这个没有授权的公告非常不高兴。到了私人办公室，汤姆与秘书讲："特伦特小姐，你知道我周六晚上被邀请到UFO研究俱乐部讲话吗？"

"UFO研究俱乐部？"这个干练高校的年轻姑娘皱起了眉头，然后说，"噢，是的，昨天有一封信，上面写着这个名字，我把它放到了你的桌子上了。"

"谢谢，估计我没看到这封信。"汤姆平静地接着说，"这几天提示我完成积压的工作！"

他在一堆信中翻找到特伦特小姐提到的那封信，信是由休伯特·达伯利写的，他是UFO小组的主任，邀请他去参加下一次讨论地球外生命的会议。

还没等汤姆读完这封信，内部通话系统铃响了。"休伯特·达伯利来电话找你。"特伦特小姐汇报说。

"谢谢。"汤姆拿起电话。

达伯利就提前公布公告的事情道歉："这下疏忽了，处理公关的那个成员以为我已经和你沟通好了，所以……"

"不要紧的。"汤姆说，"但我希望你做一个更正，因为我恐怕是有些忙，无法参加这个会议。"

"还是来吧！你能不能想办法调整一下时间安排？"达伯利请求说，"用不着太认真的准备演讲，随便讲一讲就可以，俱乐部的人会非常乐意的！而且你会发现这个会议非常有趣，很多见过UFO的人来参加的。"

汤姆迟疑了一下，不管怎么说，周六晚上参会不会影响他在实验室工作的时间，为什么不去呢？还有可能会收集到一些有助于解决神秘飞行物的信息。

"好吧，我参加这个会议。"汤姆答应说。

汤姆用一个小时的时间写了一封回信，然后驾驶喷气摩托车来到他的私人实验室，想修好空中远程取仪。还好，系统中的电路自动断电器发挥了作用，免受了电力事故造成的严重损坏。

到了下午，汤姆已经准备好试验一次自己的发明了，他和巴德把远程取样仪安装到"蓝天女王"上，然后起飞了。

巴德在肖普顿西部的山地巡航，汤姆在座位舱里的取样仪控制面板前弯着身子坐着。他反复让发射单元发射激光，激光束在下面的土地上钻个洞，探测微波带回来下面地层的样品。

这时巴德通过内部对话系统问："探矿工作进展如何，机长？"

"非常好，我已经找到下面所有的东西了。"汤姆报告说，"磁性硫化矿、长石，还有一些石盐。"

巴德说着俏皮话："没有金子？"汤姆呵呵地笑了。

"蓝天女王"迂回前行，此时已经到达了一个长满树木的

第七章 紫色的粉末

山谷:"想转向回到山区吗?"

"不用,继续向前飞。"汤姆回答,"我们换一下口味,取一些叶屑。"

"叶什么?"

"就是腐烂的叶子和森林植被上发霉的黏糊糊的东西。"

"噢,我还以为你说的是一些沙拉呐?"

汤姆很快全身心地关注着读数面板上的化学分析结果了。突然他皱起了眉头,打开回收槽,检查最近一次读数对应的材料。

他用手指抓出来的是某种沙粒状的粉色粉末。"我的天呀!"汤姆惊讶地自语道。

他的声音传到了内部对话系统里了。

"有什么情况?"巴德问。

"收集到一些花岗岩,就在森林里面。"

"可能是遇到了岩石。"

"有可能,但是唯一能遇到这种花岗岩最近的地方是在D国的夸里,位于……"

汤姆惊讶地吸了一口凉气:"巴德,不要动!下降高度,开启搜寻模式!"

巴德有些奇怪,但还是按要求做了。"蓝天女王"在树顶上面快速飞行,巴德让这架巨大的飞机采用直角搜寻模式,轻轻靠右飞行。汤姆用电子望远镜搜索地面。

几分钟以后,汤姆激动地喊了起来,他看到树下面有一个人影:"噢!太好了!马上调头,慢慢地向四点钟的方向飞!"

几分钟以后,汤姆爬回到飞行舱。巴德惊讶地看了汤姆一眼:"下面有一个人,躺在地上,四肢伸展!这是你要找的人吗?"

汤姆匆匆地点了一下头:"如果我没看错的话,他就是那个叫比利·福克斯的孩子,我是今早听新闻时才知道的,他在采石场寻找岩石后失踪了。"

"原来是这么回事!是花岗岩粉末给你提供了线索呀!"巴德担心地接着问,"你认为他没事儿吗?"

"不太清楚,但愿没事儿。"

巴德让飞机在树尖水平上方飞行。汤姆放下尼龙梯,穿过大树爬了下来。只能听到"蓝天女王"低低轰鸣声,因为巴德这时已经打开了他们新安装的斥力装置,可以保持飞机在天空飘浮的状态,而不是采用原来的喷气推举器。

汤姆看到下面那个人影一动不动,心里怦怦地跳着,孩子是不是受伤了或者死了?汤姆爬下梯子的时候,踢开或折断一些碍事的树枝。

在他折断一个树枝时发出"咔吧"声,地面上的孩子动了一下,他坐了起来,满面惊恐,揉着眼睛。看到汤姆后,比利马上站了起来,高兴地喊着。

第七章 紫色的粉末

"嘿！比利！"汤姆挥着手笑着，"一定睡了很长时间吧，你都没有听到我们飞机经过的声音！"

汤姆伸出手去，把孩子扶上梯子。比利看需要向上抓这么高的距离有些害怕。汤姆用一只胳臂抱住他，帮助他一步步向上爬。

比利安全登上飞机以后，马上开始讲事情的经过。他的鞋和裤子上沾满了花岗岩采石场上的粉末。"我想抄近路走树林回家。"比利说，"但走迷路了，太吓人了，特别是在天黑以后！"

"这是一个多么好的故事呀。"巴德做了一个鬼脸开玩笑地说，"故事说的是你是怎样打败狗熊和野狼的！"

"你这是开玩笑，我看到的只有松鼠！"

"噢，太遗憾了！如果这样，这个故事就不好玩儿了。"巴德呵呵地笑着，然后接着说，"我给斯威夫特企业集团打电话，让他们给你的家人打电话。"

"蓝天女王"落地不久，比利的父母来到企业集团，企业集团的员工涌到机场为这场喜庆的重逢庆贺。

汤姆一如往常地低调，福克斯夫妇热情地感谢汤姆救回了失踪的儿子，汤姆不好意思地脸红了。他想办法溜到一边，和巴德赶紧回了实验室。

"你怎么了，机长？"巴德开玩笑地说，"你不想当英雄吗？"

第七章 紫色的粉末

汤姆笑了："小剂量感谢还是能受得了的。"

两个男孩走进实验室大楼，里面传来了很大的声音，还有打碎玻璃的声音，这声音正是从汤姆的实验室中传出来的。

"嘿！出什么事儿了？"巴德大声说。

两个年轻人顺着走廊向敞开的实验门冲去，屋里面两个人正在撕打！

第八章 丁国神秘事件

"太出乎意料了!"巴德先是一惊,"这不是山姆·克利维特和马克·保林嘛!"

克利维特的年龄很大,瘦瘦的,使劲儿地抓着保林的喉咙,年轻的保林拼命地挣脱。两个人你推我搡,一会撞到实验台,一会撞到了实验设备上。

"不要再打了!"汤姆大喊着,向两个人冲了过去。

汤姆挡住了保林挥过来的拳头,把他推到了一边儿,巴德抓住了克利维特。

保林看到打斗能停下来非常高兴,但是克利维特还非常想要打下去。

"冷静一下吧!"汤姆严厉地说。克利维特喘着粗气,眼里虽然还有些疯狂,最终还是软了下来。"你们这是怎么回事?"汤姆看着马克·保林问。

"不要问我,我看到他在你的实验室,然后他就像疯了一样向我扑了过来。"年轻的保林因为克利维特勒着自己的脖子，现在脸还是红红的，脖子上还留着对方的手印。

保林说，他刚才经过实验室，看到门开着，听到里面有人。他知道汤姆在外面的飞机场，所以想进来看个究竟。

"克利维特就在你空间型的远程取样仪旁边。"保林接着说，"看起来他好像是在搞破坏。我刚向他开口说话，他就向我扑过来，然后就开始掐我的脖子。"

汤姆新发明的巨型空间取样仪已经安装了一半，放在屋子的一侧。他看到一个电子元件已经被拆了下来，吊在那里后，脸一下子紧绷起来。

"好吧，我们听听你的故事吧，山姆。"

克利维特有些颤抖，用手揉了揉眼睛："我……我有些糊涂了，汤姆。"

"不要着急，从头慢慢讲。"

"好吧，我听到了你的实验室里有响动，你不在时有这种情况不正常，我想这里可能会有奇怪的事情，例如观测圆顶上的山羊之类的事情，所以我就敲门，问谁在里面，但没有人回答。我试着开门，门没锁，于是我就进来了，然后就是重重的响声！"

克利维特脸上抽搐了一下，指着自己的头说。"我进了实验室后有人打了我的头，感觉就像把灯关上了一样，接下来发生的事情就是我和保林打架了。"他抱歉地看了一眼保林，然后说，"我不知道我到底遇到什么事儿了。"

汤姆和巴德两人不解地相互看了一眼，"你动了我的发明没有？"汤姆问克利维特。

克利维特摇摇头说。"我发誓从未动过它，汤姆！"克利维特停了一下，咽了一下口水，"至少在我的记忆中没有动过它。"

汤姆认真地看着他，看起来像山姆·克利维特这样一个上了年纪且忠诚的员工不会撒谎。"我得给哈伦·艾姆斯打个电话。"汤姆说，"然后让辛普森医生给你检查一下头上的伤，山姆。"

很快艾姆斯就来了，还有指纹专家，然后汤姆和巴德开车把克利维特送到工厂的医务室。

辛普森医生检查后认定没有发生脑震荡，但是让克利维特卧床休息。

"你怎么看这个问题，医生？"汤姆问。

"他的头部受到攻击，这是毫无疑问的，他的头上留有瘀伤。"

"这可能是在和保林打斗时留下的吧？"巴德说。

"我们不能急于下这个结论。"汤姆说，"你怎样看整个事件，医生？"

医生耸了一下肩："看起来很符合逻辑。如果他被打晕，打击可能会让他弄不清缘由，于是醒过来时有些思维不清。在保林进来时抓住了他时，认为保林就是攻击他的人。"

汤姆又来到了安保办公室,跟艾姆斯说起了辛普森医生的观点。安全主任表示怀疑:"这还有另一种可能,汤姆。是非常可能,如果你问我的话。"

"比如说?"

"克利维特的眩晕可能是一种表演,保林当场把他抓住,克利维特有些惊慌,然后你和巴德进来,所以他想蒙混过关,于是装出自己眩晕了。"

汤姆皱起眉头,闷闷不乐:"你的意思是山姆一直是我们神秘的敌人?"

"他没留下一点儿指纹。"艾姆斯说,"但是我看到一副橡胶手套,塞在他的后兜里面,而且还有其他的……"

艾姆斯打开办公桌的抽屉,取出一张员工时间卡:"你受到攻击的那天晚上,是他值班。"

汤姆对于这个线索非常感兴趣:"哈伦,山姆为我爸爸工作已经十多年了,他为什么会与我们作对呢?"

安全主任耸了一下肩:"谁能说得上呢?"

"我们还没有证据证明他是有罪的。"汤姆争辩说,"如果还有机会证明他是清白的,我不想叫警察。"

"好吧。"艾姆斯同意,"我们现在还不能采取行动,但从现在开始,我要派人监视克利维特的一举一动。"

汤姆刚刚回到实验室,可视电话响了,这是连接斯威夫特家的庞大的私人电视网络。汤姆接通电话,屏幕上出现的是布莱克，他是W城的电视节目制作人。

他说："刚刚收到政府的情报，约翰·瑟斯顿认为你有必要听一下。"

"那我就听一下吧！"汤姆急切地说。

画面转向瑟斯顿，一位秃顶的CIA人员："嗨，汤姆，我们刚刚收到特工的信息，关于C国人科学考察亚洲的绝密消息。"

摄像机对准墙上的一个地图并放大图像，瑟斯顿用手指着一条路线："我们的特工人员说，考察是从B国东边开始，乘火车往内陆行进，直到西部边境，他们在两个月前出发，现在已经返回。"

"他们这次考察有什么目的？"

"没有这方面的线索。事实上，我们希望你能猜想一下。"瑟斯顿补充说，"根据时间点，我在想这可能和他们的彗星计划有关。"

"嗯。"汤姆思索着摸着自己的下巴，"有这种可能，但眼下我看不出有什么关联。除非他们在计划一个空间设备或者是在沙漠里进行食品调试。"

瑟斯顿摇头说："不太可能，我们的间谍飞机是可以看到这些东西的。"

"好吧，无论怎样，谢谢你的内幕消息，约翰。另外，我还有一个请求。"

汤姆说,他的机载远程取样仪试验成功,这还给他一个新的想法,他认定,如果UFO下一次能在这次看到的地点出现的话,自己的新发明能够探测到它的物理结构。

"这得需要有一个快速的预警系统。"汤姆接着说,"所以我希望所有的执法部门,气象台站、空中设施和防空基地,在UFO出现的时候迅速向企业集团汇报并告知。"

"完全可以做到这一点。"瑟斯顿答应说,"我会让国防部做一个安排。"

汤姆关掉了视频电话,来到他新发明的空间型取样仪前面,它的正式名称是马克III远程取样仪。看样子受损并不是很严重,估计是破坏者还没有完成破坏活动就被打断了。在亚弗·汉森的帮助下,汤姆当晚基本就修好了这台设备,然后离开了工厂。

"明天上午我先做一个预试验,亚弗。"汤姆说,"我需要在观测圆顶上放一个大的目标物。"

"这好办,我明天早上运上去就来得及。"

晚上回到家里后,汤姆和爸爸说起今天令人不解的事件,正说着这个事儿的时候电话响了。

斯威夫特先生放下电话后笑了:"这是史密斯博士打来的电话,汤姆,他明天晚上六点在肖普顿机场降落。"

"太好了!我还急着想弄明白那个神秘的牛皮纸手稿呐。"

第二天下午汤姆就已经准备好马克III的电路试验，这是一台很大的设备，还能看到内部的结构，很多的操控面板还没有安装。汤姆已经把这台设备搬到了实验室敞开的窗户附近。

"你说过这台仪器需要三个发射器单元？"巴德问年轻的发明家。

"是的，用在不同的距离取样上。"汤姆回答，"今天我们只测试这个，来检验一下我的电路设计。"

在院子的另一侧是主楼的圆顶，上面已经放好了一块白色的塑料，用红色标出了靶心。汤姆把发射器对准了红色的小点儿，然后打开取样仪开关。

汤姆通过望远镜的视野，看到靶心上有一个"小洞"，露出下面的塑料。

随着涂着红漆的颗粒被远程取样仪的折射脉冲带走，塑料本色的面积越来越大。

巴德也在用双筒望远镜看着："取样仪基本成功了，非常好！"

"到目前为止一切都很顺利。"汤姆打开回收槽时满意地笑了。让他惊讶的是，槽里面什么都没有！

"这是怎么回事？"巴德弯下腰仔细查看。

"波束没有把油漆带回来。"汤姆不解地皱起了眉头。

巴德突然咳了起来，汤姆回过头看了一下，发现他这个体格健壮的朋友开始摇晃起来，面色发白。

第八章 丁国神秘事件

"巴德,你怎么了?"刚说出这句话后,汤姆也感觉到呼吸困难,房间内的一切都变得模糊了。

汤姆感到一阵恐惧,赶紧关上了回收槽,把巴德拉到窗口,两个人平躺在窗台上,使劲地吸着外面的空气。

汤姆最后还是恢复了一定的体力,赶紧打开了实验室的换气扇,然后扶着巴德进到了走廊,最后来到户外。

"我的天呀!出了什么问题了?"巴德虚弱地问。

"我也没搞清楚。"汤姆坦诚地说,"但我的直觉是取样仪的光波破坏了油漆和塑料的分子,让他们重新组合成一种有毒的气体,聚集在回收槽里面。"

等实验室换好了新鲜的空气后,汤姆做了一些化学计算,并得出结论:"我们两个吸入了氢氰酸气体。"

"很严重吧?"巴德问。

"看在哪个方面吧!这种东西的毒性可以放倒一头驴子!如果连上光谱计数仪,我们就可以看到分析的结果。"

"噢!"巴德吹了一声口哨然后问,"有什么办法可以防止这类事情再次发生?"

汤姆点点头,皱起了眉头:"可以的,但是我得先把脉冲波的波形和频率改了,重新设计是很不容易的。"

接下来的一整天里,汤姆低头在工作台上工作着,手里不停地使用着计算尺和铅笔。

五点半刚过,汤姆满脑子都是电路图和计算公式,他驾驶着自己的低矮银色运动跑车离开了工厂,向肖普顿机场开去。

很快,一架喷气客机到了。

乘客走出大门,汤姆马上走上前去和一个身材不高、体型偏瘦的男士打招呼,"欢迎你,史密斯博士!"

"哈,汤姆吧!"这个小老头脸上的皱褶变成了欢快的笑容,"再次见到你非常高兴。"

双方热情地握手以后,取到了史密斯博士的行李,汤姆把客人带到自己的汽车前,很快他们奔驰在去往肖普顿的路上。

"你看一眼后视镜,我已经看到了。"史密斯博士说,"有人跟着我们,好像是。"

汤姆笑了:"你的眼睛太敏锐了,实际的情况是,我已经想到有车跟踪我们了,是一辆蓝色轿车在我们的后面,但这可能只是一个想象,我们现在好像已经看不到了。"

"想象有的时候可能是科学家最有价值的朋友。"史密斯博士平静地说。

博士的晚餐是斯威夫特夫人做的美味鸡肉,汤姆和爸爸请客人到斯威夫特先生的书房坐下来聊天。

"请让我向你表达祝贺,汤姆,祝贺你设计的彗星探测仪。"史密斯博士说,"我有理由相信不久就会有一颗最明亮的

彗星接近地球。"

汤姆和爸爸惊讶地相互看了一眼。

"一颗自然的彗星？"斯威夫特先生问。

"当然是自然彗星，你知道，我的父亲和爷爷都在B国大学教书，在我被迫离开B国前，我也在那里任教。"

斯威夫特父子知道，史密斯博士成为难民后，只得回到母亲的故乡西德，然后在海德尔堡工作。

"我们家人一直对B国古代的天文学家非常感兴趣，"教授接着说，"所以我知道他们在2600年前，也就是公元前650年看到了一颗巨大的彗星。我的计算还不是十分精确，但我相信按它的轨道，今明两年在地球上就会看到它。"

"这可是一个非常了不起的消息！"汤姆大声说，"如果你说的是对的，如果A国不取消探测仪的计划，这可是我的彗星探测仪的最好目标。"

斯威夫特父子向史密斯博士解释了C国人的彗星计划的传言可能会让A国航天局取消探测仪计划。汤姆还提到C国人科学考查到J国的绝密消息。"您对他们想做什么有什么高见？"汤姆问。

史密斯博士皱了一下眉，捋了一下自己的山羊胡子，"眼下看，没有想法，但是我可以通过在亚洲的朋友询问一下。"

"如果你能搞到关于这个神秘事件的一些线索，我们会非常感激您的。"汤姆说。

史密斯点点头笑了:"这当然,但是现在我必须告诉你我此次来访的重要原因,我是想说服你们父子进行自己的考察,来解决最大的神秘事件——外空间的神秘事件!"

第九章　燃烧弹之光

汤姆和爸爸对史密斯博士的话产生了很大的兴趣。"一个外太空的神秘事情!"斯威夫特先生重复着这句话,"你的确让我产生了很强的好奇心,给我们再讲一讲,卡尔。"

"这和你在信封里夹带过来的牛皮纸有什么联系吗?"汤姆问道。

教授又笑了:"是的,说老实话,我这样做就是想引起你们的兴趣。"

史密斯博士解释说,那张牛皮纸是他最近搞到的一些手稿中的一页。"看起来是中世纪的一本炼金术的一部分。"他用询问的眼神看着斯威夫特父子,"你们认为炼金术只是骗人的吗?"

"根本不是这样的。"斯威夫特先生说,"有些人是天才的科学工作者。"

汤姆说:"关于这件事情,没有人检查过他们的理论,他们对于自然的了解可能比我们还要多。"

史密斯很严肃地点点头:"他们的理论在科学的发展上起着重要的作用,这就是为什么他们的手稿可能会非常重要。"

斯威夫特先生皱起了眉头:"怎么能证明呢,卡尔?"

史密斯博士说他已经翻译了几页手稿了,文中提到一个秘密的学校或是炼金术的中心就在D国的某个地方。"现在还没有找到这个地方,毫无疑问藏得非常好。据我们所了解,炼金术士们常常因为他们的工作被法律判处死刑。"

"那么你是想让我们帮助找到他们的秘密地点吗?"斯威夫特先生问。

"非常正确,想一想这些旧的手稿和里面的实验室记录——这是无价的历史发现!另外还有一个原因。"

"那个太空的神秘事件?"汤姆好奇地问。

"大体是这个意思,如果我告诉你这个炼金术的材料可能有关于现在地球上发现的UFO的线索呢?"

听着史密斯博士所说的内容,父子两人惊讶地瞪大了眼睛。

"什么样子的线索呢,博士?"汤姆好奇地问。

"你可能还没有意识到,不明飞行物在20世纪以前就存在了,在中世纪就有过看到它的记录,其中一个发现是于1651年在D国的纽伦堡。"

史密斯博士迟疑一下:"我希望你们相信的东西听起来有些奇怪,但是这本手稿明确地讲述了UFO的详细知识,有一句话暗示有人直接和它有过接触。"

第九章　燃烧弹之光

斯威夫特先生怀疑地摇着头："你必须承认这听起来不太可能。"

"我们自己曾和外太空人有过接触，不久前还被认为是有些奇怪。"汤姆说。

汤姆给史密斯博士提了很多的问题，然后转过头看着斯威夫特先生："爸爸，我知道这听起来有些离谱，但我还是想继续探讨下去。"

"换一句话说，帮助卡尔寻找这个失踪的炼金术知识中心？"

经过紧张的讨论，三人同意：如果彗星计划不受到影响的话，史密斯博士在B城开完大学学者会议后，汤姆陪着史密斯博士去D国。

突然门铃响了起来，汤姆去开门。

来的人是巴德·巴克利。"我们马上出发，机长！"他直截了当地说，"工厂收到警察的无线电报告！有人看到了UFO！"

听到这个消息后，汤姆的心都要跳出来了。"马上和你一起去，飞行男孩！"他跑回书房告诉爸爸和史密斯博士关于UFO的消息，他们两个人也想一起去看看。

几分钟后，大家坐着巴德开过来的三栖原子汽车一起向企业集团方向飞驰而去。这个光亮斥力交通工具可以在高速公路上开，也可以在水中和空中开。

按照汤姆的指示,"蓝天女王"马上做好了待机的准备。等他们到达机场时,机械师进行汇报:"它已经做好了飞行的准备。"

飞机调度员跑过来交给汤姆一个飞行计划,是他按照空中交通控制中心要求刚刚填写完的,"我给你安排的是在11887米的高度飞行。"

他们快速地核对完通行证和飞行前检查,"蓝天女王"用它的喷气推举器快速升到夜空。飞离肖普顿后,汤姆把飞机升到要求的1828米的高度,然后开始加速,向西飞行。

斯威夫特先生和史密斯博士坐在驾驶舱里,在汤姆和巴德的后面。"估计你们父子一直在探险的路上。"教授小声地说,他脸上呈现出弥陀佛一样的微笑。

"汤姆应该是这样的,你的估计是对的。"斯威夫特先生笑着说,"从个人的角度说,我开始喜欢更为安宁的。"

内部对讲系统传来了机组人员的声音:"飞机着火了,机长!在8号机站的位置!"

"啊!你看看?"史密斯博士平静地说,斯威夫特先生惊讶得不知怎样回答了。

汤姆已经开始解开自己的安全带:"保持它的航线,巴德!我到后面看看!"

汤姆冲出驾驶舱,斯威夫特先生也跟在后面,两个人抓起

第九章 燃烧弹之光

氧气面罩,浓烟从过道上飘了过来。

父子两人迎着烟雾向火光的方向冲去。光焰是从飞机腹部的双层隔板的百叶窗穿出来的,这里正是两个机舱的分隔区。机组人员正在用便携灭火器向着火的方向喷射托马塞特乳液,但是大多数的泡沫都喷到了双层隔板以外的地方,没有起到作用。"我们无法靠近了!"机组人员透过氧气面罩大喊着。

汤姆抓起一个灭火器想帮个忙,火焰烤着他们的脸,这让他们无法有效地向换风口喷出灭火剂。

"分隔板已经开始鼓胀了!"斯威夫特先生大喊,有几处的金属都已经烧红了。

"赶快!回到驾驶室!"汤姆大喊,斯威夫特先生和机组人员跟在汤姆的身后,在浓烟中摸索着向前走。进到机舱后,汤姆关上密封的座舱门:"巴德,联系空中交通控制中心,请求改变飞行高度,到1524米!告诉他们有紧急情况!"

巴德惊恐地看了一眼他的朋友:"再升高一些?飞机上已经着火了,我们难道不应该俯冲,然后降落到地面的某个地方吗?"

"我打算减压,如果我们能让火势失去氧气,它就无法燃烧了。"

斯威夫特先生用内部通话系统和飞机上其他两位机组人员讲话:"请保持在动力舱,保持好密封门!"

"蓝天女王"马上提升高度,巴德给喷气推举器加大动力,

汤姆旋转控制压力的选择阀。很快仪表盘的指标上显示出除驾驶舱和动力舱以外其他部分都在失去压力,说明飞机内的空气向外流动。

几分钟后,汤姆告诉巴德俯冲3000多米,然后他打开通往密封的驾驶室的门。让他放心的是,大部分烟雾已经散去,斯威夫特先生和他来到机尾部的8号机站。部分隔板已经烧坏,露出里面还有的残留碎片。

"用沙子就能把它们灭掉了。"斯威夫特先生说。

他们两人从B层甲板上的实验室舱中取来两桶沙子,很快就灭掉了所有可能燃烧的地方。

"我想我们最好降落到地面上,全面检查一下机身。"汤姆说。

用老汤姆发明的巨型降落灯照明,巴德把飞机降落在一个光秃的岩石平地上。他们对飞机进行了全面的检查,飞机的构架非常结实,顶住了大火,大火对外表也没有造成什么影响。

"还想不想能看到UFO的事情了?"巴德问汤姆。

"还不知道,我们先检查一下后,看看情况再说。"

给发现UFO的警察打去的电话得到回复让人非常泄气,天空中的那个飞碟几分钟前就消失了。

他们只好再飞回肖普顿了。"我算是服了!"巴德对着汤姆发着牢骚,"如果没有着火的事儿,我们会有时间看到飞碟的。"

"应该不会是有人不让我们看到飞碟捣的鬼吧。"

史密斯博士眨着眼："你们的意思是飞机上失火不是意外事件？"

"不只是一种猜想。"汤姆回答说，"我敢打赌，飞机被安上了燃烧弹。你怎样看，爸爸？"

"恐怕你是对的，孩子。这看起来远不是电力失火，而且隔板上也没有油路经过。"斯威夫特先生思考一下后接着说，"在掀开盖板检查时就已经放置好炸弹了。"

汤姆发去无线电话给哈伦·艾姆斯，飞机降落在企业集团时，安全主任等在机场了。不到一个小时的时间，完成了对燃烧残片的实验室检查，证明着火的原因是镁燃烧引起的。

"非常有可能是由定时装置引燃的。"汤姆猜想，"可能是惯性设备，在飞机晃动时引爆的。"

第二天早晨，斯威夫特父子俩开车送史密斯博士到飞机场，他要飞到S城。教授登机前，他们相互握手，教授庄重地笑着说："这次来访非常令人激动的，虽然我们没看到UFO。"

"我们不能承诺每一次都有燃烧弹，但我们会尽最大努力的。"汤姆开个玩笑，"不要忘了回来时来我们这儿，我还等着一起到D国呐！"

汤姆一天大多数的时间都在实验室里，专心研究他的远程取样仪。那天晚上，他和巴德带着两个女生到饭店吃晚饭，然后开车去拉克林大厅参加UFO研究俱乐部的会议。

第九章 燃烧弹之光

休伯特·达伯利是这个俱乐部的会长，身材结实，秃头，戴着角质架的眼镜。"你们的到来我深感荣幸！"他对汤姆说。

很多人正在进入会议大厅，有商人、家庭主妇、学生，还有一些看起来很古怪，还有一些痴迷的人。一个年龄很高的老妇人在挥手，汤姆笑着向她着手，是艾伯纳西夫人。

巴德推了一下汤姆："看看是谁来了！"

汤姆惊讶地看到山姆·克利维特在大厅的后排座位上坐了下来。这时达伯利请汤姆到讲台和他坐在一起，巴德、桑迪和菲利斯坐在了第一排。

会议最先报告UFO目击情况，很多见过UFO飞碟的人站起来介绍个人经验。汤姆带着极大的兴趣听着，然后达伯利邀请年轻的发明家讲话。

"会长要我在这里和大家讨论地球外的生命问题。"汤姆和大家说，"地球以外有生命的事是毫无疑问的，因为我和我的父亲已经和太阳系以外的生命有过接触，虽然我们对他们的了解还很少。"

"你们中很多人相信UFO可能是智慧生物驾驶的飞行物，我们到目前为止了解到的东西还不足以做出推断，但是不久的将来，空间探测将大大提高我们对其他星球发现生命的可能性。"

汤姆接下来谈的是火星、金星，以及地球所在太阳系的其他成员的物理环境。然后休伯特·达伯利请听众用纸条写下自己的问题,由引坐员把这些纸条送上讲台。

年轻的发明家读着这些纸条,回答了几个问题。当他看到下面的纸条时,一下子惊讶得瞪大了眼睛,纸条的内容是:

请不要把这张纸条念出来,这会让我的名字和UFO联系起来,还会引来很多的UFO的好奇者,这样的结果会让我很难堪。如果你今晚11时来到拉比特·雷夫磨坊,我会指给你一个UFO降落过的地址和它在这里留下的痕迹。

J·巴斯康姆

第十章　让人惊讶的穿天火箭

巴斯康姆的纸条是恶作剧吗，或者UFO真的在这个地区秘密着陆过？

汤姆感觉自己的心跳在加速，他把这个手写的纸条放进口袋，接着读下一个问题。

最后，达伯利站起来宣布会议结束，汤姆紧接着说，"J·巴斯康姆先生在离开大厅前请来我这里一下好吗？"他扫视一下所有的观众，但没有人应答。

会议结束后，很多人来到讲台上和汤姆交流，请他签名，汤姆心态平和地给大家签名。达伯利等了很长时间才把汤姆从这些飞碟迷中解救出来。

"太感谢你了，我不敢确定我自己能脱出身来。"汤姆微笑着，用手帕擦着额头上的汗水，"你认识一个叫巴斯康姆的人吗？"

达伯利角质框眼镜后面的眼睛眯了起来，想了一会儿，"不认识，他一定不是俱乐部的成员，来访客人的登记本中没有这个名字，当然也一定有很多人没有签名。"

汤姆离开拉克林大厅后，马上把刚才的纸条拿出来给巴德和两个女生看。巴德吹了一声口哨："你想怎样处理这张纸条，汤姆？"

"我不知道，但它应该很有意思。"

"如果问我这件事儿，我认为它很奇怪！"桑迪说，"你不会去的，对不？"

汤姆用手托着下巴，略有所思："也许吧。但我得先把纸条给哈伦·艾姆斯看一下。"

汤姆在公共电话亭给安全主任打了电话。"二十分钟后，我们在工厂见面。"艾姆明快地回答。

两个男孩把女生送回家，然后快速赶往企业集团，艾姆已经在安保部等他们了。他听了汤姆介绍UFO俱乐部会议的情况，认真看了这张纸条，然后他开始查阅电话号码簿，上面没有J·巴斯康姆的名字。

"这并不能证明什么。"汤姆认真地说，"可能他没有电话，或者他可能是从离我们很远的地方来的。"

"也可能他是一个骗子，试图把你引入圈套。"艾姆锁紧眉头，开始在办公室里踱步，"如果克利维特在那里，也可能是他写的这张纸条。"

"但已经确定克利维特没有问题，对吗？"汤姆争辩说，"如果你一直在怀疑他，在'蓝天女王'上面放燃烧弹对他来

说是不可能的。"

"我承认我无法回答这个问题。"艾姆说,"除非他有同伙。不管怎么说,我们先查验一下克利维特的笔迹。"

艾姆停下来去接电话,在挂断电话时,他的脸气得红红的:"太气人了!"

"出什么事儿了?"汤姆问。

"那个一直跟踪克利维特的特工,在一个塞车的路段把人跟丢了。"

"是克利维特故意溜走的吗?"

"他认为不是,但他也不确定。"

汤姆看了一眼墙上的时钟,现在是10点24分。"哈伦,我要去磨坊去见那个人。如果真的有UFO着陆的情况,这是非常重要的,不能错过。如果这张纸条是恶作剧,也许我们会抓到这个人。"

艾姆沉下脸,板板地说:"好吧,我会按你的方式来玩这场游戏的,汤姆,但我们不能冒任何风险。"

安全主任又拿起电话,下达紧急命令,安排六名安保人员从另一个方向偷偷地接近那个地点。

艾姆、巴德和他们在一起,此时的汤姆开车直奔约定地点,等着"巴斯康姆"。

差3分钟到11点时,汤姆把车停在了拉比特·雷夫磨坊,这是一座石头的建筑,有一架破损的水轮车,静静地矗立在月光中。

汤姆静静坐了一会儿,听着有没有什么动静,唯一的声音就是周围树林被微风吹动的沙沙声和河水的潺潺声。最后他从车里出来,用手电筒照着磨坊里面,房子好像是空的。

汤姆在思考着巴德和艾姆一行人是不是已经就位。"他们的时间有些紧张。"他想。

时间一分一秒地过去了,突然一个穿天火箭向夜晚的空中飞去!在高处爆炸后发出巨大的响声,发出红色和蓝色的火光,接下来就是两声闷闷的枪声!

汤姆一跃而起,向发出枪声的树林跑去,枪声是在河下游不远的地方发出的。

有一个手电筒照到了他的眼睛,让他什么都看不清。"汤姆!"是艾姆的声音。

"出什么事儿了,哈伦?"汤姆紧张地问。

还没等安全主任回答,他们听到灌木丛里传来一阵急促的脚步声,黑暗中走出了一些人影,一个接着一个,艾姆马上认出了他们,是其他的一些安保人员和巴德。

"好像我们把整个事情给搅乱了。"巴德懊悔地说。

"的确是。"艾姆满肚抱怨地说,"那个穿天火箭和两声枪响诱使我们露出了马脚。"

"开枪的人,不管他是谁,都不会跑得太远。"汤姆说,"我们分散开进行搜索。"

第十章 让人惊讶的穿天火箭

企业集团的人员按扇形在树林里散开，艾姆给工厂发无线电，要求派旋转小鸭过来。很快一些直升喷气机就来到了树林的上空，用巨型探照灯扫射着这个地区。

但是他们的搜索没有什么结果，现在已经过了午夜很长时间了，一直没有找到这个神秘的"巴斯康姆"的任何线索，汤姆决定放弃寻找搜索。

星期一的早晨，艾姆告诉汤姆说，山姆·克利维特还是值得怀疑。安保的特工人员发现他大约在午夜的时候回了家。

"克利维特说自己开车去了格林维尔看一个老朋友。"艾姆说，"但他的朋友没有在家，所以他就直接回到肖普顿。"

"他的这种解释没有漏洞吗？"汤姆问。

"没有漏洞，但没有严谨意义上的不在场证据。"艾姆皱着眉，思考着，"对我来说，最大的神秘就是'巴斯康姆'是怎样从我们的指缝中溜走的。"

"我认为我可以回答这个问题。"汤姆说，"可能他的确来了，是从河上过来的，穿着蛙人的衣服。"艾姆听了这个分析后失望地张大了嘴巴。

接下来的几天里，汤姆全身心地在实验室里工作，完成了马克III远程取样仪的设计，并做了核查。周四史密斯博士从B城回来，汤姆认为他发明的这台空间型取样仪已经没有问题了，可以交付给亚弗·汉森和工程人员了。

桑迪和菲利斯一起来找汤姆，请求和他们一起去D国。周四的晚上，大家一起来到机场，登上"蓝天女王"，坐在舒适的机舱里面。第二天早上两个女生醒来时，发现已经以超音的速度飞行在大西洋的上空了。

刚过中午，"蓝天女王"降落在D国首都的一个小机场，里位于T城的西北部。乔·温克勒给大家做了一顿非常可口的午餐。

下了飞机，汤姆一行人驾驶着用宽敞的飞机棚带来的原子汽车，开往去大学的乡村，沿途还可欣赏一下风景。

快到T城的时候，桑迪和菲利斯被这里的美景迷住了，镇子位于绿树成荫的奥登林山山脉的峡谷中，旁边有内卡河经过，河的上游是T城。河是向西流的，一直流到莱茵河，河上有很多的桥，河水蔚蓝，上面有很多的白色的帆船。

"天哪！"菲利斯感叹道，"T城大学一定是世界上风景最美的大学了！"

史密斯博士微笑着点点头："很多作家，例如欧文、朗费罗和马克·吐温都这样说过，亲爱的菲利斯"

巴德开心地唱起了著名歌剧《学生王子》中的一段歌曲。桑迪赶紧捂上了自己的耳朵："求求你了！我们不这么浪漫好不好！"

下面是密集的红色石板的房顶和古老教堂上的尖塔，但更高的是一座细高的现代楼宇。

"这是蒙格勒摩天大楼。"史密斯博士说，"在这以北和以

西的地区属T城大学的新区。"

汤姆把原子汽车降落到与河流平行的大街上,开进主街路,道路狭窄但车却很多,学生们骑着摩托车快速穿行。

史密斯博士在他私人住所放下行李,然后带着这群年轻人游览老校区和新校区。他说:"新的校区,还得到了A国的部分资助。实际上,T城大学没有真正的校园,整个城市到处都有它的建筑,分布在河的两侧,我们看到的只是大学的一部分。"

史密斯博士告诉他们,T城大学目前有12000名学生。其中很多来自其他国家,当然还有几百名A国学生,有四分之一是女生。

"噢!"桑迪说,"这可不利于浪漫的大学梦呀!"

"是谁在抱怨呢?"巴德笑了一下表示不同意桑迪的观点,他正在看着新校区的草地上一些看书的女学生们。

桑迪和菲利斯走在铺着鹅卵石的路面的老城的地方,这里有古老的巴洛克式的建筑,她们看得欣喜若狂。

史密斯博士指给他们看古老的哥特式的圣灵教堂。这时博士看了一下手表:"我们该吃些东西了。"

教授带着几个年轻人来到古老的中世纪模样的小酒店,他们点了一些三明治。

店内的光线比较暗,橡木主梁被烟熏得有些发黑,音乐师们在另一侧演奏音乐,还有几对人在跳舞。

汤姆注意到一张桌边儿上坐着一群男学生，戴着帽舌很短的联谊会小帽，胸前戴着金色、银色和黑色的宽带子。

"他们是学生团体的学生。"史密斯博士解释说，"但现在这种联谊会已经过时了。"

两个漂亮的女生引来了男生们欣赏的眼光，一个高个很帅的学生，留着平头，对桑迪特别感兴趣。"惹人喜爱！非常可爱！"他故意提高声音说，巴德听到后有些生气。

最后这个男生站了起来，来到他们的桌前，微笑着快速地鞠了一躬，对桑迪说："如果没有冒犯你的话，这位漂亮的女士不介意和我跳个舞吧？"

巴德从椅子上跳了起来："对不起，兄弟，你来晚了，她要和我跳舞。"

这个学生的笑容一下子凝固了："我在和漂亮的女士说话，我们是不是应该让她自己做出选择？"

巴德的脸一下子红了："我已经说过了，小子，现在，如果你向我们这里再迈一步……"

桑迪笑了，赶紧说："巴德，不要犯傻！"

她的话好像更加激怒了巴德，他先是把这个学生推到一边儿，D国学生礼貌地推开他的胳臂。巴德已经到了爆发的边缘，把对方的这个动作当成是有意的攻击，于是抡起拳头正好打在这个学生的下颌上。

D国小伙子被打得倒退了几步，他站直了身体，眼中闪出

怒火。"你会为这个可恶的行为付出代价的!"他低声呵斥说,"如果你不是一个胆小鬼,我们用击剑决斗的方式了结这个争端吧!"

第十一章　致命武器

"你想什么时候都可以！"巴德回答这个提出决斗的学生。

汤姆一下子站了起来："你们看，这有些过分了！现代的社会里已经没有人决斗了。"

那个学生蔑视地看着汤姆："看得出来，你对T城不是很了解呀。"

"这简直太荒谬了！"桑迪强调说，"求求你，巴德，你就不能向人家道个歉？"

"道歉？他闯到了不应该进入的领地。"

D国学生从衣兜里取出一张名片，递给巴德："我会在格伦·耶格等你，是在T城大学上游的一个小酒馆。六点钟怎么样？"他两个脚跟相互磕了一下，拘谨地向桑迪他们鞠了一躬，然后回到自己的桌子，很快他与同伴们有说有笑了。酒店的老板刚才还挤到最前面围观，现在耸了一下肩离开了。

桑迪眼看就流出眼泪了，菲利斯过来安慰她。桌子边上只有史密斯博士保持着绝对的安静。"最大的不幸。"他对自己说。

"谢天谢地！"汤姆说，"这种事情在T城还在流行，不可能吧？"

"官方禁止决斗。"史密斯博士回答说，"但是联谊会的学生间还时常发生。最坏的结果一般就是脸上留下一个小伤疤。也许这个学生没有认出我是学校的老师，如果认出来，他就不会提出决斗了。"

"你有没有什么办法让这件事停下来呢？"

教授捋着自己的胡子，面露难色："我可以把这件事报告给学校当局。"

"什么都不要做！那个卑鄙小人可能还会以为我怕死想退出呐！"他看了一眼名片，大声地读出了上面的名字，"沃尔夫·冯·恩茨巴赫，听起来有些像好莱坞电影里的一个名字。"

史密斯博士看起来有些惊讶："我在这里听说过这个名字，他是冯·恩茨巴赫伯爵的儿子，用英语说就是冯·恩茨巴赫伯爵，他还是学校最好的击剑手。"

"噢，不！"桑迪真的要哭了，"巴德，你斗不过他的！"

"为什么斗不过他呢？如果不能为自己心爱的人而战，那我是什么武士呢！"

尽管如此，大家离开小饭店的时候，汤姆发现巴德看起来还是有一些惶恐。"你确定你不改变主意？"汤姆问。

桑迪一直小声和菲利斯说话。"你们不用管我们。"桑迪说，"我们去一下商店。"

巴德看到两个女生离开，看起来有些受伤："你们能接受这种事情吗？我都要被千刀万剐了，好像她们并没有为我担心！"

汤姆笑了："打定你的主意，你想让她求你放弃这场决斗，是这样吧？"

"我们可以这样说，我不在意她是否拦着我。"

"好吧，我应该把你的话写在笔记本里，然后呢？"

"给我找一个击剑大师，这样我就能学到几招？"

"你在开玩笑吧？"汤姆不客气地说，"谁都不可能在一节课上教会你怎样决斗的！"

巴德失望地说："至少他能告诉我如何握剑，不至于上场显得太傻。"

史密斯博士知道在老城区有一个击剑学院，离刚才的小酒店只有几个街区。几分钟后他们来到一个挂着铜牌子的大门前，只见牌子上写着：

击剑学校

威廉·霍尔茨，武器教练

他们三个人爬了一段摇摇晃晃的楼梯，上面传出脚踏在地

面和金属撞击的声音。来到楼上，他们看到一个宽敞的大厅，有几个学员正在练习对阵，他们戴着金属网的面具，穿着厚厚的护胸。

一个人走了过来和他们三人打招呼，他瘦而结实，脖子粗壮，剃着光头，脸上有很多小的伤疤。

"霍尔茨先生？"史密斯博士说，然后简要地说明了一下情况，并把汤姆和巴德介绍给他。

霍尔茨哼了一声，上下打量着巴德。他的表情让人很是泄气，最后他把巴德带到一个架子前，架子上挂着很多的东西，给他戴上了面具并递给他武器，然后自己拿起一把剑，霍尔茨开始教学。

巴德是一个非常好的运动员，但是他的足球、篮球和棒球的天赋在他击剑方面没有任何帮助。霍尔茨很快就对着这个A国人大喊："用剑一定要灵活。""和拿棒球棒不一样。"但这些话几乎都没有用。

"唉，你的目标太高了！"击剑教练大喊着，"没有任何希望！我是没办法教会你了。"

教了近一个小时，巴德把剑挂在架子上。霍尔茨翻着眼睛，用德语小声和史密斯博士嘀咕着。

"他说的是什么意思？"汤姆小声问。

"他说，如果把巴德被击中的次数加起来，他的脑袋就变成一片一片的了。"

三人个沮丧地沉默了,然后离开,下楼,回到鹅卵石马路上。汤姆想再说服自己的朋友不要参加这场决斗。

"不要再想说服我了!"巴德说,"我自己不知道我要做什么吗?"

两个男孩和史密斯博士回到了原子汽车,桑迪和菲利斯还没有露面。

"加油吧!在我还没有被吓倒前,我们行动吧。"

汤姆坐在方向盘前,史密斯博士带路来到了决斗的地点。然后他们进了一个简陋的小酒店,这个小酒店位于王座山的山坡上,俯瞰着下面的河流。门上的标牌上写着:绿色的猎人。同时还画着一个穿绿色上衣的猎人。

大家从汽车上下来,巴德倒吸一口凉气,但什么都没说,脸色苍白。

小酒店里面,沃尔夫·冯·恩茨巴赫和几个学生坐在桌前等着。"你是很准时呀!"他笑了一下,站起来,"你是新生吧?不是?如果你准备好了,我们就开始吧。"

"准备好了。"巴德很礼貌地说。

他们一起到了后院,胖老板装着自己很忙的样子,后院里面只有一件家具——一张橡木桌子,上面摆着两把决斗剑。

"你真的确定你不为打我跟我道歉?"恩茨巴赫问。

"我们开始决斗吧!"巴德吼道。

突然,酒店的大厅里传来了说话的声音,然后门一下子打

开了,桑迪和菲利斯气喘吁吁地冲了进来,两个人紧张得脸有些发红,桑迪带着一个长长的包裹。

"等一下!"她大喊着。

沃尔夫·冯·恩茨巴赫看到她有些吃惊。

桑迪生硬地对他说:"鉴于你向我的朋友挑战,他应该有权力选择自己的武器,是不是应该这样?"

沃尔夫表现出不解的样子:"是的,应该是这样的,漂亮的女士,但是……"

桑迪把眼光转向巴德:"那么好,从这些中选吧!"她把包裹递了过去。

"里面是什么东西?"巴德茫然地问。

"不要多问了,巴德·巴克利!如果你还想和我说话,那就按我说的去做吧!"

巴德耸了一下肩:"输了也没有什么了不起!"

他接过包裹,把它打开,这时他的嘴角抽搐了一下,包裹里面是两把橡胶剑!

沃尔夫的嘴张得大大的,他的一个朋友开始笑了起来,然后恩茨巴赫自己也忍不住笑了。

"非常好,如果你选用这样的武器。"他拿起了一把橡胶剑,"预备!"

巴德拿起另一把剑,他们把剑相互撞击一下——这时两把剑都向后弯了一些。决斗激烈地开始了,屋子里的人大笑起来。

沃尔夫挥舞着剑,左挡右攻,不断地击中巴德,巴德的脸涨得红红的,无法躲过对方高明的剑术。最后,沃尔夫·冯·恩茨巴赫猛地一挥橡胶剑,巴德的剑被打落到地上。

掌声和欢呼声让房间都震动了起来。

沃尔夫说:"现在,鉴于你的脸和我的脸一样的红,我们可以握手言和了,我们做朋友吧。"

巴德没有觉得自己很丢面子,也忍不住地笑了,他伸出手来:"很公平,朋友!现在我们的决斗结束了,我正式为我打了你一拳表示歉意,我有些冲动,而且脾气不好。"

沃尔夫面向桑迪鞠了一个躬:"我也表示歉意,如果我对这位女士表示的赞美让我显得冒犯的话。"

他又转向巴德,顽皮地笑了一下:"你的击剑老师给小酒馆打了电话,告诉我不要给你留下任何伤疤,但是他的电话没有必要。我只不过是让你出些汗而已。你真的很勇敢,如果你是在这个大学里读书的话,并加入到我们的团体,我会感到非常荣幸。"

"非常好!但我真心希望你早些告诉我这件事儿,我一直担心你想在我的脸上刻上你的名字后的事情,我得做整容手术,担心这会让我的体重轻了几千克。"

"那我们这些人呢?"菲利斯说,"可怜的桑迪都要疯了,在全城一直寻找一个有橡胶剑的儿童玩具店!"

大家笑过以后,相互介绍自己,沃尔夫和他的朋友了解到汤姆一方留着胡子的先生原来是学校的教授又因为遇到世界知名的年轻发明家——汤姆·斯威夫特,他们也非常惊喜。

他们一起在小酒店里吃着晚饭,汤姆告诉他们来到D国的目的,史密斯博士讲给大家他是怎样从老手稿碎片中了解到秘密炼金术中心。

"这个中心主要是炼汞的,传说汞是神的信使。"教授告诉大家,"手稿中有一句话是这样说的,'汞就住在附近,他的标牌就指着他家的门廊'。"

"史密斯教授!"一个学生大声说,"这可能是指河对面的小山,是在新故乡。T城!在罗马时代,神庙就在那里。"

史密斯点点头:"是这样的,我开始也是这么想的,但我在T城德尔堡已经仔细地找过了,没有找到线索。"

"你接下来想怎样寻找?"桑迪问。

史密斯博士解释说:"按我的想法,这句话的意思可能是炼金术中心位于金属汞矿的附近,含汞量高的主要矿石是硫化汞,一般位于泉水的出口附近,所以我怀疑中心的地点可能就在D国很多矿泉的某一个地方。"

"您还有更进一步的线索吗?"沃尔夫·冯·恩茨巴赫问。

"到目前为止还没有,但我希望'天才'的汤姆可以找出这个地点。"

史密斯教授接着说:"他还在研究这些零碎的手稿,上面有一个拉丁文的标题——白色女王之书。'白色女王',你看,就是用来说汞的化学暗语。"

沃尔夫感到非常惊讶:"您说的事情非常有趣,教授先生!我确定地说,在我家那里总能听到叫'白色女王'的东西。"

第十二章 可怕的骑士

汤姆和同伴听了沃尔夫的话感到很惊讶。"你还记得这个名字指的是什么吗?"汤姆问。

沃尔夫皱了一下眉头,然后慢慢地摇了摇头:"不记得,但是非常有可能,我爸爸或我家的仆人会知道的。"

沃尔夫抬起头,笑了起来:"我明天打算回家一趟,你们一起去我家怎么样,你们所有的人!从这里到我们家的城堡开车不到两个小时,如果你们到我家里做客,他会非常高兴的。"

汤姆看了一眼在座的其他人,大家听到这个邀请都很兴奋。"你能请我们去可太好了,沃尔夫。"他说。

他们商定第二天吃过中午饭就出发。

周六上午,沃尔夫和他的一个朋友带着两个女生参观了城堡,在城堡上可以俯瞰全城。巨大的红色砂岩废墟曾经是一位王子的住所。

沃尔夫告诉桑迪和菲利斯,它是在三百年前被L国军队破坏的。

"也许是一件好事儿。"他呵呵一笑接着说,"像你看到的一样,它的建筑风格有些混乱,废墟的样子比原来的建筑更好看一些。"

通过城堡的谢菲尔平台的柱子间,他们可以俯视到峡谷、河流和城里的房顶,一直到远处的莱茵平原。"这个平台是以一个诗人的名字命名的——约瑟夫·维克多·冯·谢菲尔,"陪着菲利斯的朋友说,"他写的很多歌词都是T城大学学生最喜欢的。"

汤姆非常急于看大学的科学设施,所以史密斯博士带着他和巴德去世界闻名的物理研究所和马克思·普朗克医学研究所里的明亮铬合金与玻璃墙的实验室。

"这里的科学课程非常严格。"史密斯解释说,"但有些领域的学生可以按照自己的意愿自由学习,他们甚至可以决定自己什么时间考试。"

"噢!这是给我这种人准备的呀!"巴德笑着大声说。

吃过午饭,大家到恩茨巴赫城堡做周末旅行,沃尔夫驾驶着他漂亮的保时捷跑车,拉着桑迪和巴德走在最前面。汤姆开着原子汽车带着菲利斯和史密斯博士跟在后面。

他们经过城外的奥登林山山脉,菲利斯看到野鹿在一片绿色的山坡上吃草,有的山坡上是层层叠叠的葡萄园,空气中飘着葡萄和草莓的甜美味道。

第十二章 可怕的骑士

那天下午,他们来到一个地势险要的灰色小城堡,过去几百年来这里一直是沃尔夫祖先居住的地方,大家把车停在院子里,沃尔夫的父亲出来迎接来访的客人。

冯·恩茨巴赫伯爵身体厚实,面容可亲,留着凯撒·威廉式的弧形大胡子,他戴着单片眼镜,拄着拐杖走路。菲利斯看到他后马上喜欢上了他,但在他鞠躬并拉过她和桑迪的手触碰到他的胡子时,不得不憋着自己,不让自己笑出来。

然后他和史密斯博士、汤姆和巴德一一握手:"恩茨巴赫城堡非常荣幸!"

汤姆等到吃过晚饭后,提起了"白色女王"的话题,冯·恩茨巴赫伯爵变得很惊讶,差一点没把单片眼镜掉到咖啡里:"哎呀!我已经有些年没有听人说这个名字了。"

"伯爵你知道?"史密斯博士问。

"是的!它是这里一座山的非常、非常老的名字。"伯爵在桌前站了起来,拉开窗上厚实的红色天鹅绒窗帘。大家来到窗前,看着对面月色下的山谷:"你们看到地平线上的那个小山了吧?它的名字是白色女王之山。"

"你知道为什么叫这个名字吗?"汤姆问。

冯·恩茨巴赫摇摇头:"不知道,事实上,我早就把这个名字忘了,你们提起后我才想起来,记得很早以前,山顶有一座古老的修道院，后来被用来做观测星星的简单天文台，现在除了一些倒塌的墙以外，什么都没有了。"

汤姆和史密斯博士听到这个消息后非常兴奋，他们马上打定主意明天去那里看一下。

桑迪和菲利斯被安排住在一个很大的房间里，这里有一个很大的石砌的壁炉。那天晚上，桑迪醒了，觉得好像听到了门很吱的响声。

她小心地从床头桌上摸来手电筒，在黑暗中向门口的方向照去，接下来她大叫了起来：一个戴着头盔的脑袋正从走廊向屋里张望！

菲利斯迅速在她的旁边坐了起来，"桑迪！出什么事儿了？"

"我刚才看到一个穿着骑士服的人！"桑迪大声说，"就在门口！"

菲利斯半信半疑，还有些害怕。"你……你是说有'鬼'吗？"她浑身颤抖了起来。

"我不知道！我们看看去！"桑迪的胆子一直很大，说着从床上跳了下来，穿上自己的睡衣。

菲利斯也跳下床穿上睡衣，跟在桑迪后面来到了大厅。她们的房间和老城堡中其他的房间一样，都没有电灯，但是桑迪知道走廊里是有电灯的，用手电筒照着找到了开关，打开了灯。

第十二章 可怕的骑士

两个男孩子和史密斯博士被桑迪的叫声吵醒,从他们的房间出来,向大厅里张望,但是根本找不到戴着头盔的潜行人。

沃尔夫父子和几位仆人很快来到现场,大家听了桑迪的讲述大为震惊。

"在恩茨巴赫城堡的确有一个'鬼'出没的传说,但是……"伯爵停了下来,皱了一下眉,他捋着自己的大胡子,"你非常确定你不是做梦见到这个可怕的骑士吧?亲爱的孩子?"

"绝对确定!我已经彻底醒了!"桑迪认真地说。

于是大家马上开始寻查,但没有找到任何外来的人,汤姆思考着这个问题,和巴德回到自己的房间。他说:"如果桑迪没有看错,一定是有人想查看我们的房间。"

两个男孩检查自己带来的飞行包,里面装着他们的换洗衣服。里面的东西已经乱了,说明有人已经在里面翻找过了!里面的几件衣服的衣兜都被翻了出来。

"桑迪看到他之前,一定是来过我们这里了。"巴德说,"搞不清他在找什么东西。"

"可能是任何值钱的东西。"汤姆说。

第二天早晨,沃尔夫给客人们看了一个盔甲头盔。"这就是我昨晚看到的!"桑迪大声说。

"我们的一个仆人在院子里发现的。"沃尔夫说,"如果它是来自于大厅里的铠甲,说明我们那个不受欢迎的客人就是戴着它遮住自己的脸的。"

"他是怎样进到城堡里面的呢？"汤姆问。

沃尔夫苦笑了一下："我们的门从来没有上过锁。我向你们道歉，特别是向你道歉，桑迪。我们的周末被这个不愉快的事情给搅了！"

冯·恩茨巴赫一家人和客人们到附近的一个村子里游览。吃过午饭后，他们开着两辆汽车去"白色女王"之山。

除了几堵破墙外，修道院所剩无几了，墙上长满了青苔和攀缘植物。

汤姆和同伴们在废墟中找了很长时间，没有发现炼金术的任何线索。但是汤姆相信，山的名字绝不是出于偶然。

"我想我们先看看汞矿的总体地形。"他告诉史密斯博士。

"这很方便吗，汤姆？"

"当然了，'蓝天女王'到这里就可以。"汤姆给史密斯博士解释了远程取样仪的功能，史密斯感到非常高兴。

汤姆给飞行实验室打了电话，一群人开始返回城堡。这一次，原子汽车原来一直跟在沃尔夫的保时捷的后面，现在跑到了前面，在狭窄、陡峭的土路上行驶。汤姆的旁边坐着伯爵，菲利斯和博士坐在后排。

路面在有些地方只是坑洼，崎岖陡峭，突然菲利斯惊恐地大叫："汤姆！小心那块大石头！"

汤姆同时靠眼睛的余光看到了大石头，大石头从右上方的

灌木丛中顺着山坡向下滚来！

"吓死人了！快要砸到我们了！"伯爵大喊着。

汤姆的心紧张地跳着,他用双手抓住控制杆。如果他紧急刹车,他们非常有可能与这块巨大的石头撞在一起！

第十三章　汞的线索

一瞬间的惊慌过后,汤姆把控制杆猛地向后一拉,这个泡泡车篷的汽车像一只跳蛙一样一跃而起,刚好从滚落下来的大石头上面飞过,飞到了悬崖的上方。

向下看去,巨石正好落在路的中央,发出雷鸣般的声响,激起一团尘土,然后顺着路堤向下滚去!沃尔夫的车子原来一直快速地跟在原子汽车的后面,看到了这个险情,他的保时捷吱的一声停了下来。

"噢!我的天呀!"菲利斯惊得说不出话来,紧紧地抓着史密斯博士。

汤姆回过头看着伯爵,他的脸色铅灰,他的单片眼镜已经不见了。"我的天哪!"他粗声地说。

汤姆突然意识到一件事儿:"我的天!非常抱歉,先生,我想我忘记告诉你这个车能够飞行了!"

"是的!是这样的呀,小伙子。"伯爵用手帕擦着额头上的汗,"非常感谢你没忘着让它飞起来!"

第十三章 汞的线索

汤姆赶紧降到地面上,沃尔夫、桑迪和巴德从保时捷车上跳了下来,跑到原子汽车前面。

伯爵受到了不小的惊吓,他的单片眼睛无力的吊在它的挂链上。

"这个周末该怎么说呢?遇上'白虎星'了。"沃尔夫抱歉地说,"先是昨晚那个可怕的外来人,然后是这个惊险的事情。"

"这的确是一个意外。"汤姆说,思考着看着坡地上的丛林。

其他人听了这话也紧张起来。"你的意思是有人故意撬动了那块大石头?"沃尔夫问。

"有可能。"汤姆回答说,"也可能与昨天晚上戴头盔是同一个人,山坡上有很多地方可以隐藏。"

"但是他怎么能知道我们要走这条路的呢?"

"很容易的,在我们上山的时候,他会用望远镜看到我们,我们在修道院废墟中搜索时,他可能会跟着我们,然后他只需要等着我们了。"

三个年轻人爬到山坡上崎岖不平的林地中寻找线索,他们找到巨石原来的位置。但是,如果有人撬动巨石,应该会留下一点痕迹。

他们回到恩茨巴赫城堡。不一会儿"蓝天女王"飞来了。这架巨型的飞机盘旋在这座古老的中世纪城堡上空时,样子有些惊人,伯爵的仆人们被这个场面惊呆了。

汤姆登上了飞机,代替斯利姆·戴维斯驾驶飞机,一位斯威夫特的试飞员做机组主任。巴德、两个女生、沃尔夫和史密斯博士一同去搜索。

伯爵说自己今天飞得太多了,不想去了。

"蓝天女王"向白色女王之山方向飞去。他们到达山上的时候,汤姆爬到下面的座位舱里面,打开他的机载远程取样仪,它把发射器单元对准地面,巴德驾驶着飞机慢慢地绕着修道院飞行。

"巴德,停在这个位置!"汤姆通过内部对话系统喊话,他的眼睛盯着读数面板,然后打开回收槽。

汤姆的脸激动得红了,他爬回到飞机前部的驾驶舱。

"找到了汞矿吗?"史密斯博士问,"硫化汞?"他的胡子激动得颤抖着。

"不是矿石!是纯汞!"汤姆举起一块闪亮的银色物质!

史密斯博士的眼睛瞪得圆圆的:"难以置信!你已经确定准确的地点了?"

"在10平方米范围内吧。"

斯利姆·戴维斯接着驾驶飞机,从飞机上放下一个旋梯,汤姆、巴德、史密斯博士和沃尔夫迅速爬了下来。

"就在这里,在这块石头旁边!"汤姆大声说,在前面带路,"样品是从这里或是附近的地方取来的!"

第十三章 汞的线索

四个人从"蓝天女王"的工具箱中取出砍刀,他们四散开来,砍倒灌木,在杂草中搜索。已经是傍晚的时间了,西部奥登林山方向的天空变得红红的,过一会他们得用手电了。

沃尔夫大喊了一声:"找到了!"大家赶紧围拢过来。

汤姆看到地面上有很多的金属痕迹感到非常惊讶,汞在沃尔夫手电筒的照射下闪闪发光。

"看起来是一片片或一大片地呀。"汤姆说,"看看是从哪里流出来的。"

他们一点点向前,找到了汞的流淌路线,是一个完整的弧形,刚好在这个弧的上方,是一个半月形的弧线,弧线的下面是一个十字。

"这是炼金术中代表汞的符号!"史密斯博士用敬畏的语气说。

"离炼金术士的秘密中心已经不远了。"汤姆一本正经地说。

但会在哪里呢?四个人茫然地四处看着。

"今天发现这里有些太晚了。"巴德说,"天黑看不清了。"

"这不是问题,我们可以用'女王'上的探照灯!"汤姆向飘浮在天上的巨型飞机发出命令。

巴德不安地来回踱着步,这时"蓝天女王"的探照灯亮了,把整个山坡照得如同白天一样,大家突然听到巴德一声大喊。

巴德几乎一下子消失了!只有他的头和肩膀还露在草丛的

外面。

"赶快过来！"他大喊着，"我下面是一个洞穴的开口！我刚好掉了进来！"

汤姆的心先是一紧："那可能正是我们要找的地方！那个符号的尾部正指着这里！"

在其他人从灌木丛中艰难地向他这里聚集的时候，巴德已经向洞的深处探索了。他们来到一条地道，四壁是泥土和石头砌成，顺着山坡越来越深。

突然巴德停了下来，汤姆、沃尔夫和史密斯博士向他这边靠拢过来，手电的光线照到前面的场景让他们惊讶不已——前面是一个天然岩洞，里面有石笋和钟乳石，岩洞里摆满了古代炼金术的设备器材！

"我们找到了！"史密斯用颤抖的声音说，"这里藏着炼金术知识。"

他大步来到岩洞前，地面上面有一个砖砌的炼金术士浸煮炉或者叫作炉子，上面挂着波纹管和钳子，方便使用。到处是曲颈瓶、坩埚、杀菌釜、瓷罐和弯曲的冷却设备。几张长长的木桌上摆着瓶子、研钵、研杵和陶制容器。岩洞上面用链子吊着油灯。

汤姆对几个三脚架上的望远镜产生了兴趣，很明显，岩洞的主人把天文学和炼金术研究混在一起了！

史密斯博士对于墙边架子上的皮革装订的书和古本手卷非常

第十三章 汞的线索

感兴趣。

"这是多么大的宝藏呀！"教授惊叹到。他不敢翻开书页，担心发霉的书页一碰就会破碎，他只是读了几个出名的书名：《世界的巨大镜子》《圣人们的台阶》《巨著揭秘》《十二道门全书》。他说还有很多研究炼金术历史学家都不知道的书。

岩洞的深处分成两条通道。"想不明白那里面都有什么。"巴德说。

他和沃尔夫刚要向里面走去，这时突然听到了乔的声音，乔摇摆着从另一个地道口走了出来。

"汤姆，赶快回来！"他大喊着。

"出什么事儿了？"汤姆问。

"我们刚才收到A国空军司令部发来的无线电信息！"乔说，"他们在X国上空看到了一群UFO！"

汤姆听到这个消息非常惊喜，在史密斯博士的再三请求下，大家尽最大努力拿了一些书和手稿，放在一个大袋子里，拖上"蓝天女王"，然后大家登上了飞机。

汤姆通过无线台了解到目击UFO的详细情况，发布消息的那位空军将军报告说，在X国海湾上空看到一群明亮的飞碟："我已经下达命令，让你的飞机有优先飞行权，汤姆！"

很快飞行实验室向目标飞去，经过D国和L国上空，到达

L国西海岸后,来到海湾。

现在在黑色的夜空中已经能看到耀眼的红、蓝、黄三色的飞碟。

汤姆的心都要跳出来了,他不仅可以马上对UFO进行分析,而且他的女王号说不定还可以与UFO取得联络!

第十四章 天空幽灵

汤姆打开电视摄像机，它会记录下来UFO的飞行情况："好的，巴德。你来驾驶飞机，我到下面的座位舱。"

"收到！"巴德回答。

汤姆顺着梯子爬下去，挤到控制面板对着狭窄座位上。他调整着电路、适应着用发射单元瞄准远处快速移动的彩色飞碟，激动得手都有些颤抖了。

现在已经能看到X国的海岸了，巴德已经可以看到在X国海岸方向有一团团亮光，估计在这个闻名的海边胜地正在进行着一场庆祝活动。但是，UFO的光亮要比下面的光亮强得多。

沃尔夫、菲利斯和史密斯博士都来到了驾驶舱，因为内部电话系统说的内容大家都能听到，乔也挤到飞行舱里面来。

"他们一定是外空间来的飞行器——由智慧动物操纵着！"菲利斯瞪大眼睛看着这些东西说，"看它们保持的队形！"

第十四章 天空幽灵

飞机一点点向这些飞碟靠近,巴德在控制面板前也越来越紧张,让飞机头部正对着这群奇怪的空中飞行物。他打定主意一直这样飞下去,直到最后一秒钟。

史密斯博士拿着望远镜仔细观察,但是除了能看清飞碟形状外,细小的东西看不清楚。"它们的光线太炫了。"他告诉大家,"他们运动得非常快!"

UFO突然加速,然后向远处飞行,这让他感到非常意外!

"它们是想躲开我们!"桑迪大声说。

巴德启动原子喷气动力,"蓝天女王"快速向前。很快速度表上的指针超过了最高时速。但是这样的速度还是不够,红、蓝、黄色的飞碟很快和它们的追踪者拉开了距离!

巴德失望地说:"没有用呀!我们还是没有追上它们!"UFO在夜空中渐渐远去,很快全部消失在视野中,飞到大西洋的上空。

"它们是宇宙飞船,应该是这样的。"巴德掉转飞机飞向海岸的方向,"它们一定是飞船,没有空中飞行物能达到这样的速度。"

这时汤姆已经从下面爬到了驾驶舱。

"你确定它们是什么材料做的了吗,机长?"巴德问,他脸上的好奇笑容,在看到汤姆脸上的表情时,一下子全都消失了。

"什么都没有得到。"汤姆回答说,"没有样品,也没有分析结果。"

"怎么会是这样呢？远程取样仪没有处于工作状态？"

"不是的，它处于工作状态，我已经检查过了。"

史密斯博士盯着汤姆："但是，这说明什么呢？"

"只是一种东西，据我看到的情况说。"汤姆回答说，"UFO不是一种有实物的东西。"

他的话让所有听到的人感到惊讶。"蛤蟆真的长犄角了！"乔大声说，"头儿，你的意思是……是……只是天空幽灵？"

汤姆耸了一下肩："叫什么名字，随你的便，老哥，我能够知道的是，它们不是由物质组成的，可能它们只是人们的幻觉，就像很多人说的那样。"

"如果你的意思是它们是我们想出来的，我可不相信！"桑迪不同意汤姆的观点，"我们都看到它们了！"

"好吧，只有一种办法可以搞明白。"汤姆说，"我们一起看看在录像带上能不能找到他们。"

他让斯利姆·戴维斯坐在控制面板前，然后自己从电视摄像机中取出磁带，大家和他一起来到实验室舱，看看录像结果。

UFO的影像完整地呈现在屏幕上，色彩非常清晰！

"看看吧，我刚才和你说过的！"桑迪大声说，"摄像机也看到UFO了，你不能说这也是幻觉吧？"

第十四章 天空幽灵

菲利斯大笑起来:"你应该用你的3D投影仪,汤姆,然后你可以投影出你自己的UFO!"

她说的是汤姆最近发明的一个3D电视系统,汤姆的脸上很是惊讶。

"我的天呀,菲利斯!我想你说得非常对!"

"说的对?"

"你说对了答案,那些UFO一定是三维的图像,和我的电视投影仪的效果是一样的。"

大家一起惊讶地看着汤姆。

"你们没看到吧?"他接着说,"这可能是所有情况的唯一解释了!它可以解释为什么我们和录像机都能看到它。因为它们是由脉冲组成的,远程取样仪什么都没有发现,就是因为没有具体的实物。"

"假如你的推理是正确的,汤姆。"史密斯博士思考着,然后说,"那是什么东西引起的这种脉冲呢?"

汤姆皱起了额头,在实验室里来回地走动着:"它们一定是受某种智慧生物的控制,但是我认为没有其他人可以复制我的3D投影仪。所以你想做出猜测的话,我想这些图像可能来自外太空,可能是用激光把图像投射在我们的天空。"

"但为什么呢?"巴德问。

"可能是想和我们交流什么。"汤姆想象着,"如果UFO是用激光束传送的,这可能解释了为什么它们会逃离我们。可能是怕伤着我们,如果我们认定它们是激光束。"

史密斯博士对汤姆的理论产生了很大的兴趣:"你对星球间采用光波通讯的这个观点非常让人振奋。这很大程度上是一个历史原因,地球上的科学家在发现激光前先掌握了无线电波。完全有可能其他星球上的生物在掌握无线电波前掌握了激光波,于是他们对激光的掌握水平远远超过我们。"

汤姆向空军将军报告了UFO跟踪的情况,然后"蓝天女王"回到位于T城的基地,史密斯博士把关于炼金术的那些书籍安全地搬到他家里。

汤姆、巴德、沃尔夫和两个女生陪着史密斯博士,带着一大袋子古老的书籍来到他的住处。史密斯博士的房东递给他一周前寄来的一封信,信封上盖着U国的邮戳,上面还贴着一个"特快专递"的红色标签。

史密斯自己站在壁炉旁,打开了信封,"啊!是一个朋友从苏黎世的来信,康拉德·朱弟,你听过了名字吧,汤姆?"

"我当然听说过。"汤姆回答着,"朱弟博士是世界上最伟大的天文学家之一,也是领先的彗星学家。"

史密斯看着信不停地点头:"我在S城时给他写信说你们要来D国,他说如果你们能访问他们的国家时,他会带你们看U国的天文馆。"

"非常感谢他。"汤姆说,"但我担心自己没有时间了。"

第十四章 天空幽灵

史密斯博士思考着看了一眼汤姆:"我想他可能是对你的彗星探测仪感兴趣……你看,汤姆,朱弟也可能成为你科学团队的一员。"

"嗨,这和我想到一起去了,但他是否愿意参与我们的空间飞行呢?"

"我肯定他会抓住这次机会的。"史密斯博士回答说,"他的登山技术非常好,虽然得在最佳的物理条件下。而且他总是热衷于冒险。"

"那么我非常愿意让他参加探测小组。"汤姆说,"我会和我爸爸说这件事儿的。"

天色已经很晚了,大家在T城的一个饭店里吃了一顿非常好吃的晚餐,巴德说自己已经饿得前胸贴后背了,他喝了很多的汤,吃了很多饺子,还有一道加了油、醋和洋葱的奶酪,沃尔夫告诉大家这道菜叫奶酪伴音乐。最后这个健壮的年轻飞行家吃了一大块樱桃生奶油蛋糕。

"吃得太多了!"桑迪小声说,惊讶地看着巴德,"我希望你知道自己在做什么!"

"我也是这样想的。"巴德不自在地笑了,"不管怎么说,感觉越吃越想吃。"

汤姆、巴德、两位女生和史密斯博士、沃尔夫告别,汤姆他们离开小城,答应明天从恩茨巴赫城堡把保时捷空运过来。然后几个年轻人回到"蓝天女王"上。乔,像一个小题大做的老母鸡一样等着他们回来，做了一些热乎乎的可可，但巴德哼一声说不想喝了："啊！把它拿走吧。"

其他人回到自己的房间休息了，汤姆来到无线电舱，把这一天的事件汇报给爸爸，在要挂上电话时，他听到了内部通话系统中传来一声巨响。

"我的天呀，这是怎么回事儿？"汤姆感到有些奇怪。然后他想起来巴德在他向肖普顿汇报前曾和他在内部通话系统上说过话，毫无疑问，没有关上开关。

于是，汤姆警觉地向后部的和这个副驾驶共用的卧室舱跑去。巴德看起来有些眩晕，有些精神不振，正在从地板上站起来。"唷！我从床上掉了下来！"他嘟囔地说。

汤姆强忍住笑："出什么事儿了，哥们？'奶酪伴音乐'吃得太多了？"

"哪种东西都吃多了。"巴德用一只手揉着前额，另一只手放在腹部，"天呀，我做了一个噩梦！我梦到回到炼金术的洞里，一大群2.4米高的C国人拿着大棒子和战斧追赶我们！"

汤姆终于忍不住笑了，然后突然停了下来。"噢，噢！现在你倒是让我担心了。"他调侃着。

"为什么让你担心了呢？"

"我们得到UFO报警后就直接飞走了，没有对洞穴做任何保护，非常可能推大石头的那个卑鄙小人还会待在那里。

第十四章 天空幽灵

如果他看到我们发现了那个洞穴,他可能会回来洗劫这个洞穴的!"

巴德胃不舒服的表现马上消失了:"这可不行!我们最好去看一下!我们还有可能抓住这个家伙!"

汤姆点点头:"马上开始行动,飞行男孩!我马上启动飞机!"

"蓝天女王"很快就呼啸着飞上天空,在他们到达白色女王之山上空时,汤姆关闭了喷气机,使用斥力推举器慢慢向目标飘浮着。

洞穴入口处发出一缕光亮!

第十五章 要倒塌的大楼

汤姆看到洞里发出来的光亮,不觉肌肉紧起来,他的直觉认为,那个神秘的敌人可能进到洞里去查看了!

巴德说:"我和你一起下去吧!"

"好的,斯利姆,你到驾驶舱来驾驶。"

机组主任接过飞机控制,汤姆和巴德向机尾主舱口的方向跑去,乔摇晃着跟在后面:"我也来了,老大!"

飞机上放下了梯子,三个人一起爬了下来,稍稍地进了山洞,汤姆走在最前面。不一会儿,他们到了炼金术士岩洞的入口。

一张木桌上的电灯发出光亮,可以见到一个人正在书架上的书籍和卷轴中翻找!听到有沙砾的"沙沙"声,这个人突然转过身,他有一个弯钩鼻子,慌张地向声音的方向看去。

"抓住他!"乔大喊。

那个人向岩洞的方向跑去,他挥动着手臂,抓起了一个重重的陶制研杵,向他们扔了过来。

第十五章 要倒塌的大楼

汤姆低头躲闪，研杵还是把他前额的皮肤划伤了。巴德和乔赶紧扶了他一把。"不用管我！我没有受伤！"汤姆说，挣脱他们伸过来的手。

那个人趁着这个小小的空隙，在岩洞中跑远了，然后朝着向右分叉的那个地道跑去。三个人一齐向这个人冲去，用手电筒照着他，但那个人很快就在一个洞穴的转弯处消失了，他的脚步声越来越小。

几分钟以后，汤姆、巴德和乔感到有新鲜空气，说明通道到了尽头，他们推开浓密的植被，发现山洞开口于山坡上，他们要追的人已经无影无踪了。

"今天的运气最烂了！"巴德气愤地说。

"先不要说话！"乔挥手让大家安静，但是没有听到被追的人的声音。

汤姆打开他的铅笔无线接收器，用无线电通知"蓝天女王"用探照灯照射这个地区，乔想办法寻找那个人的脚印。三个人又寻找一段距离，但是树木越来越密，前进的速度很慢，于是他们放弃了寻找。

汤姆命令斯利姆·戴维斯继续在山的周围飞行，用飞行实验室上的探照灯寻找这个人。与此同时，汤姆、巴德和乔返回山洞。

汤姆检查了里面的电灯，然后指着上面的C国人制造商的标签，严肃地说："看看，至少我们知道了这个家伙的国籍！"

"我们知道了什么，机长？"巴德问。

汤姆迟疑了一下："他非常可能会回来，我想我们应该在这里监视到早晨——如果你们两个是想打猎的话。"

巴德和乔都同意继续监视。

"好的，首先，我们最好找到那个向右分叉的岩洞通到哪里。"

乔留下来守在主岩洞口的位置，两个男孩搜索通道的另一个分叉，尽头是一堵岩石墙。

三个人轮流监视，一个人睡觉，两个人分别监视两个出口。"蓝天女王"在附近平地上找到一个降落地点。

第二天早晨，汤姆飞到恩茨巴赫城堡，他和伯爵一起在山洞口布置了看管人员，等待有关政府部门接管，然后"蓝天女王"返回到T城，同时也带上原子汽车和保时捷。

汤姆、巴德在物理研究所看到史密斯博士正在研究从洞中拿来的古老书卷，书已经被小心地烘干了，然后书页被一页页地分开，进行拍照。

"这些书保存得非常好。"史密斯博士告诉他们，"我猜想在山洞里还能找到一些吸湿剂，炼金术士们会用这些东西吸收洞里面的湿气。"

"有提到过UFO的内容吗？"汤姆问。

"有的，有几处，但整理这些材料需要几周或几天的时

时间。"

史密斯博士听说洞里面有了外来人感到非常惊讶。"这个人长什么样子?"他担心地问。

"中等身材,褐色头发,弯钩鼻子。"汤姆看到史密斯博士的眼睛突然睁大,然后问,"这些内容对你有意义吗?"

史密斯博士皱起了眉头,捋着他的胡子。"是的,今天早上发生了一件最让人不安的事情。"他解释说,我离开房间给U国朱弟博士打电话时,向窗外看了一眼,发现有一个人在向窗内偷窥,但他马上就跑开了,这个人也是长着弯钩鼻子。"

汤姆感觉到这个偷窥的人一定就是他在洞内惊跑的那个人,非常可能这个人把自己的车藏在山下的某个地方,而且是晚上开车来到T城的。

汤姆没有留在D国等待史密斯博士关于炼金术的研究结果,决定飞回到肖普顿。他和巴德在整个路上大部分时间都在睡觉,由斯利姆·戴维斯驾驶飞行实验室越过了大西洋。

星期二到达企业集团,汤姆听说他的马克III已经快完工了。关于他救起比利·福克斯的消息引来了人们对他的新发明更多的关注。

"新闻单位都要求汤姆公开演示一下这个发明。"斯威夫特先生告诉汤姆,"这样的话,哈伦和我在周五安排了一个记者招待会,你能做这件事情不?"

汤姆想了一下,然后点头说:"当然没有问题,巴德和我会给他们演示。"

斯威夫特先生说,他已经同意让朱弟博士参与彗星探测小组,航天局也同意,正等待安全部门的最终调查。

到了周五这天,一群记者聚集在企业集团大院的天文观测圆顶里,汤姆请大家用一个小的望远镜看肖普顿的城区。

记者们看到商业区里正在建设一座20层的办公楼的框架,它的金属架构已经超过了小城有限的地平线,在主梁上不同的位置上安了10部抛物线反射镜,正好一位记者一个。

"你们每个人都有机会在反射镜上放上一种未知物质。"汤姆说,"也可以请工作人员替你们做,然后我用我的远程取样仪来辨认它们。"

到了中午的时候,展示工作已经准备好了。吃过乔做的美味牛排午饭后,汤姆、巴德、亚弗·汉森和两个机组人员带着记者们上了"蓝天女王",巴德和亚弗驾驶飞机,汤姆在飞机的客厅里向记者们介绍情况。

"很抱歉,座位舱里面的空间比较小,只能容纳下我自己。"汤姆说,"但是我们有双向的内部通话系统,一名机组人员将会把样品送到客厅的。"

飞行实验室在肖普顿以外飘浮不动,汤姆进入了座位舱,他把发射器单元对准标有"A"的反射镜。

不一会,记者们听到汤姆的声音:"目标阿尔法——标记

第十五章　要倒塌的大楼

是极致社的杰夫·纽瓦克先生，物质为车轴油脂！"

"十环！给这个小伙子奖励一枚银币！"纽瓦克开着玩笑回答说。

目标B和C很快完成取样——一块皮革和一块小的金属合金，而且汤姆还给出后者的准确的结构式，包括少量的铍元素。

下一个目标有些麻烦："这是一种水果类物质，我得需要尝一下……嗯，是苹果酱！"

记者们都笑了，大家鼓起了掌。

测试还在进行着，突然汤姆的脸一下子惊得煞白。这座小的摩天大楼的主梁在慢慢变弯，楼的上部框架正在向一个方向倾斜。

"机长，一定是你破坏了这座大楼！"巴德对着内部通话系统喊到。

汤姆赶紧从梯子爬上飞机驾驶舱，他的大脑在飞速运转，这时摩天大楼又倾斜了一些。

"楼的上部就要掉下去了！"亚弗预言说。

"我的天呀！"巴德非常紧张，"如果它掉下来，街道上的人就会被砸死！"

"快，我们飞到它上面！"汤姆发出命令，"我要使用爸爸的巨形磁铁！"这是老汤姆的发明，用来吊起巨大的货物，属于"蓝天女王"的通用设备。

第十五章 要倒塌的大楼

在飞机朝向城区飞行时,汤姆和两个机组人员从机腹的舱口放下磁铁。街道上的人群全都吓傻了,警察不得不拉开他们给汽车让路,防暴警察的汽车向这里开来,警笛不停地响着。

金属框架又偏了很多,发出了"嘎吱嘎吱"的声音!就在这个时候,汤姆用巨型磁铁拉住了破损的钢架,绞车把磁铁的缆绳慢慢放了下来,破损的部分被缓缓地放到了街面上。

在飞机的驾驶舱里,巴德放心地出了一口气,他对亚弗说:"唷!我的心现在还在怦怦地跳着!"

"你的心和我的心都在怦怦地跳着,飞机男孩!"

"蓝天女王"在街道上空飘浮着,机翼几乎都能碰到楼顶。巴德向下看去,附近一座摩天大楼的顶层有一个人把头从窗户伸了出来,两个人眼睛对视了一下,这个人的嘴角露出一丝邪恶的微笑。

巴德一下子想起来了,他在UFO俱乐部会议前看到过这个人的面孔!这个人好像意识到巴德认识自己,赶紧缩回头去,关上窗户。

"亚弗,你来驾驶!"巴德大声说,"等飞机把缆绳收起来后,飞到那座大楼的上面!"

年轻的飞行员松开了安全带,向飞机的腹舱冲去,向汤姆说明了自己怀疑刚才那个人。"我的直觉认为,那个人就是巴斯康姆!"巴德认真地说。

他们放下梯子,巴德爬下梯子来到这座楼的房顶,他向楼梯井的门跑去，打开门，顺着楼梯往下跑。跑到一半的时候，与刚才在窗口看到的那个人面对面地碰上了！

"我正好要找你，巴斯康姆先生！"

这个人突然拿出来一个东西，一端是管子，另一端是橡胶球，没等巴德追上他，他就挤了一下橡胶球。

巴德觉得自己的脸奇怪地失去了知觉，头朝下跌倒在楼梯上。

第十六章　房顶上的追逐

那个人把虚弱的巴德从楼梯上拖下来,"蓝天女王"仍然在大楼上盘旋。汤姆决定先不修理受损的主梁截面,担心修理会导致钢架的松动。

"联系汉克·斯特林。"他通过对讲机告诉亚弗,"告诉他派一个急救组,带上卡车来拆除主梁。"

"收到。"亚弗确认。

汤姆和通讯组取得联系:"我们还要一段时间才能着陆,但是你可以通过无线电发布目击者的数据报告。"

安排完毕后汤姆从舷窗向外张望。他看到建筑物楼顶上楼梯井的门开着。一个男人来到楼顶,扫视着飞行实验室。他头发的颜色很深,下巴和一个斗牛犬差不多,肩膀很宽。

汤姆猛然一惊,想起他是谁了。在UFO俱乐部时,同样一张脸曾经凝视过他。"是巴德追的那个人。"汤姆意识到。但是巴德在哪儿呢?

这个人飞快穿过屋顶。汤姆大喊:"亚弗再去搜索那个建筑。"

"蓝天女王"立即调转了方向。汤姆冲向了飞机腹部开口。尼龙梯还没有收起来,汤姆顺着梯子下来,喊着:"先生,站住!我想和你谈谈!"

那个人没有回答,翻过一面墙,在邻接的建筑物的楼顶上消失了。汤姆对舱口的工作人员喊道:"告诉亚弗跟着他。"

"蓝天女王"立即滑行追赶。那个人已经跳到第三栋楼上,那是这个街区最后一个建筑了。很显然,他想从安全出口逃走。汤姆紧紧抓住摇晃的梯子,几乎到达那个人的正上方时,他猛然一跳!

啊!汤姆正好落到了那个人的背上,用脚把他踹倒,两个撕打一起。

那个人用肘部猛击汤姆腹部,然后挣脱出半个身体,试图抓住汤姆的脖子。汤姆对准那个人的头,一阵猛拳。在一个圆顶屋的右边,他的对手用强劲的手指锁住了汤姆的喉咙。

这时他们已经到了屋顶的边缘。汤姆顽强地和他对打,但是那个人的手仍紧紧地钳住了汤姆的脖子,试图掐死他。在格斗中,汤姆看到下面的人行道,两人马上就要掉下去了。

汤姆觉得眼前一片漆黑。千钧一发之时两人都被拉住并从屋顶边缘拖了回来。机组人员和两个记者从梯子上下来帮助汤姆。几分钟后,他们制服了这个卷发男人。

一个记者扶汤姆站起来。"谢……谢谢。"汤姆虚弱地说,

第十六章 房顶上的追逐

然后又开玩笑,"不能外传企业集团有无聊的新闻发布会。"

晚上,巴德终于恢复了意识。他躺在斯威夫特企业集团医务室里,汤姆在身边陪着。

"感觉怎么样,飞行小子?"

"还好,我还是完整的。"巴德摸摸自己的脸,坐了起来,"我是怎么到这里的?"

汤姆讲述了他们与那个卷发男人的打斗,然后说:"警察搜查了那个人的办公室,在里面发现了你。很显然他给你用了某种麻醉药。"

巴德点点头:"他用一种喷雾枪对着我一喷,我就一头栽了下来。"

"你受了一些皮外伤,但是医生说并无大碍。"汤姆猜测那个卷发男人在巴德认出他来时,十分惊慌,害怕巴德立刻叫警察来,所以试图从楼顶逃跑。

"那个卑鄙小人是谁?"巴德问。

"他的驾驶证显示他的名字是J·赫普曼,但是调查局已经确认他是C国特工,名字叫库索夫。两个月前他在肖普顿租了一间办公室。可能是为了在企业集团进行间谍活动,或者是为了干掉我。他虽然什么都不说,但是我确定他是'巴斯康姆'。"

"我打赌他一定和摩天大楼事故有关系。"巴德顺口说。

汤姆摇摇头。"不,那是个内部事件。有人对远程取样仪动了手脚。"他解释说,"装置开启后,激光束一直摆动着,在主梁上很快烧出裂隙。"

巴德遗憾地笑了笑,说:"那些记者会给你的发明起个绰号叫'电子白蚁',希望没有人受伤。"

这时有人敲门,斯威夫特先生来了:"看到你能坐起来,真是太好了,没有后遗症吧?"

"应该没有,我的食欲一点没有减少。"

斯威夫特先生同情地看着他们:"你们两个经历一个糟糕的下午,我想该是有好消息的时候了。"

"爸爸,发生什么事情了?"汤姆询问到。

"你记得我看到的那颗彗星吗?"

"当然,最近怎么样了?"

斯威夫特先生说他一直在密切关注这颗彗星,其他的天文学家也已经开始关注它,现在用传统望远镜可以清晰地看到它了。

"这颗彗星更明亮了。"斯威夫特先生说,"根据轨道计算,它很可能已经接近地球。事实上,它的尾部可能会扫过大气层。"

汤姆兴奋得眨着眼睛:"爸爸!那颗彗星一定是史密斯博士预言的那颗——古代B国的天文学家曾记载过那颗彗星。"

斯威夫特先生点点头:"是的,我也这么想。我已经和航天局联系过,建议把这颗彗星作为你的探测目标。"

第十六章　房顶上的追逐

两个小伙子听到这个消息，非常兴奋。巴德从床上跳起来，穿上衣服，坚持要和他们一起去天文台。

粗视显微镜早已经启动，瞄准了目标，一直在进行观测。斯威夫特先生打开电路，调整旋钮。不一会儿，彗星就出现在显示屏上。

巴德惊讶地盯着这个壮观的太空游荡者。"它有多大？"他问。

"彗发或者说头部，直径可能有2.4万千米。彗星不断接近太阳，彗尾和彗发都会继续变大、变亮。"

斯威夫特先生把探测器聚焦到慧发上，就是彗星上的模糊光环。它的中心上有一个明亮的斑点，是彗核，他预测彗核的直径有五六十千米。

斯威夫特先生告诉巴德彗核是由陨石颗粒的凝固气体组成——脏冰，这是一个很有名的天文学家给它命的名。

"它的外围已经进入了太阳系里面。"他继续说，"脏冰也是彗星的一部分。它围绕太阳旋转，距离近到一定程度的时候开始发光、蒸发、膨胀。这时由于太阳的射线和'日风'的压力作用，彗核的颗粒就形成一条长长的尾巴。然后，彗星离开太阳，它再一次收缩后变成一个团块。"

"爸爸，如果航天局再来催促我们，我们的动作就要快一些。"汤姆激动地宣布，"马克III号远程取样仪昨天已经完成。巴德和我明天就要做一次全面的测试。"

星期六一大早,汤姆和巴德飞往费林岛,这个斯威夫特的火箭基地位于大西洋沿岸。汤姆宏伟的宇宙飞船"挑战者"通过一晚上的准备,现在可以起飞了。体形巨大的、闪闪发光的飞船外观是一个立方体,周围有圆形的围栏,围栏也可作为反向推进器的轨道。

远程取样仪的塔楼安装在轨道上,通过客舱的窗户就能看到,一人多高,呈六边形,表面三个发射单元。

"操作台怎么控制?"巴德问。

"在船体内部。"汤姆解释说。

汤姆和巴德与三个工作人员一起登上了"挑战者"号。一会儿汤姆就收到发射控制台准备完毕的信号。借助反向推进器的巨大力量,这艘银色的巨型飞船飞上了天空。

他们进入了深蓝色的太空,地球在他们下方逐渐变小,变成了一个起伏的多彩星球,消隐在朦胧的云层中。

斯威夫特的空间站出现在眼前,闪闪发光的、由12根辐条组成的大轮子。汤姆通过无线电联系并确认那些轮轴的位置。

"'挑战者'的太空基地。"肯·霍顿的声音传了回来,他是空间站的指挥官,"准备好测试!"

"明白。"汤姆说,"我们马上开始。"

他旋转两个旋钮对准一号发射装置的位置,先做短距离测

第十六章 房顶上的追逐

试。目标是一个正方形闪亮金属,在瞄准镜上已经显示在十字线上,自动跟踪装置会锁定这个目标。

汤姆启动远程取样仪。一道红光出现在可读取控制板上。一会,汤姆从回收槽里取出一些金属。

"是金属铝,肯。"汤姆说。

"收到。"

下一个试验,"挑战者"飞到更高的一个轨道,在这里可以看到远处的幻影卫星内斯特利亚。这颗小行星已经被汤姆的外星朋友挪到地球引力的范围内了。汤姆已经考察过那里,并计划建立个永久基地。

按照汤姆的命令,基地人员已经在上面涂了一个巨大的白圈,靶心就在小行星上的一个平原上。提取的样本在表层下3米处。二号装置试验完美收官。

"月球矿石,"汤姆用无线电说。

最后一个实验,"挑战者"需要绕到地球黑夜的一面。汤姆在月球的火山口进行长距离测试。一条红色光线出现在读取板上,微波以光的速度抵达目标并且返回,研究结果清晰地表明回收槽里的矿物质来自月球。

"干得好,机长。"巴德说,"看起来你已经准备好迎接斯威夫特彗星了。"

带着成功的喜悦,汤姆和巴德返回地球,在费林岛着陆。然后他们急忙飞回企业集团,赶到主楼向斯威夫特先生汇报。

父亲递给他一份周六晚间的《肖普顿快报》，他正看着一篇文章的题目：C国指责斯威夫特研制军事杀伤性射线。汤姆喜悦之情全然消失了。

汤姆和巴德读完整篇新闻，指责是基于汤姆在测试远程取样仪空运系统的时候，造成摩天大楼损坏的事件。C国发言人宣称这个装置能产生杀伤性射线，通过扫射会杀死成千上万的人。斯威夫特计划为A国航天局大量生产这种装置。

"爸爸，这过于疯狂了！"汤姆顺口说道，"简直就是一派胡言！"

斯威夫特先生犹豫地说："我们自然会否认这些，但是问题是很多人都信以为真……"

电话铃打断了他的话。汤姆拿起电话，原来是蒙哥·德雷克，他是航天局的主管，从W城给他们打电话。"恐怕这个杀伤性射线打乱了我们的计划，汤姆。"他说，"当局部门不想再让C国制造更多的困难，所以我们不得不放弃你的彗星探测计划。"

第十七章 一份报告

德雷克宣布的这些话让汤姆惊讶不已。"这个新闻非常荒谬!"汤姆反对这种说法,"我可以让所有的科学家证明我的远程取样仪不属于杀伤性武器!"

"恐怕你已经造成了损失,汤姆。"德雷克回答说,"假如把你的设备的计划都公布出来,C国人也会说这是借口,他们会说你隐瞒了更有杀伤力的军事内容。国务院坚持让事件降温,以防造成更大的风险。"

汤姆挂上电话后满脸沮丧,斯威夫特先生和巴德都在安慰他。"半年或一年后事情就会大有改观的。"期威夫特先生说,"搞探测仪,我们还会有很多的机会的。"

"到那个时候,斯威夫特彗星早就消失了,爸爸。"汤姆闷闷不乐,"我们这一生不会再遇到这样的机会了。"

第二天早晨,汤姆的情绪也没有好起来,他坐在客厅里,读着周日版的报纸,《快报》的专题版里面有一篇关于彗星很快就要出现在地球天空壮观场面的哗众取宠的文章,文章中大胆地猜测这颗彗星是否为C国的人造卫星。汤姆把里面的部分内容读给妈妈，生气地评论着里面的内容。

"制造彗星的可能性有多大？"斯威夫特夫人问。

"如果造特别小的彗星，还是可能的，在这方面还有很多事情可做，例如，可以在用来测试空间设备的真空槽中，进行彗核模型实验，然后可以用火箭发射这种小彗核。我可以肯定地说，C国人不可能做出像斯威夫特彗星的这种东西。"

桑迪和菲利斯来到了客厅。"不要总是满脸沮丧的样子！"桑迪笑了一下对哥哥说，"我们想带你坐着彗星去旅行！"

汤姆苦苦一笑："谢谢你，但我还不敢确定今天有没有这个心情。"

"你以为我在和你开玩笑吗？"菲利斯问。

"我也没看到有人把彗星停在外面等我们呀。"

"可能是因为你看的位置不对。"桑迪顽皮地回答说，"来吧，菲利斯！把他从椅子上拉了起来！"

两个女生抓住汤姆的胳臂，把他拉了起来。汤姆向妈妈眨了一下眼表示道别后，和她们来到门外。来到后院时，他被眼前的场面惊得突然停了下来。

一个小的很像彗星的物体，摇动着尾巴盘旋在上方！在这个圆圆东西的上面，巴德把脑袋伸了出来，接下来就是汤姆的一顿狂笑。

"巴克利彗星！别扯了，你是不是疯了呀，空军会不会派

出飞机拦截你呀?"

巴德驾驶着这个奇怪的飞行物,落到了院子里。这是一条用制型纸和黄色纸巾条做成的斥力飞毯。"你看我们的人造彗星怎么样,天才男孩?"巴德问道。

"我想C国人马上就会来追你的——如果那个穿白色衣服的人不来抓你的话!"

"还没有试一下你就说这东西飞得不好,哥们,你可以当我们的旅客!"

"快穿上你的游泳短裤去吧。"桑迪高兴地补充说,"因为我们一会儿去海边儿!"

"坐着你这个愚蠢的发明去海边儿?"汤姆又笑了起来,"我们要做到不乱方寸!"

但是,他还是换上了短裤,高兴地和大家一起出游了。女生把野餐的篮子装得满满的,大家晒着太阳。等他们晚上回来时,汤姆已经找到了原来那种快乐的心态了。

第二天早晨,汤姆在企业集团接到了从D国打过来的可视电话。他已经安排杜布瓦,一个在U国的A国电视播报员,乘飞机去T城,并在那里等候史密斯博士的发现结果,并把结果传递过来。

教授满脸兴奋,出现在屏幕上:"我在这些手稿中找到了明确说明UFO的一部分内容,汤姆,但是对它的内容还不十分清楚。"

"里面都说什么了?"汤姆着急地问。

"炼金术士从地球以外收到了'光信息'——并且通过'白色女王'做了回复。"

汤姆绞尽脑汁地思考着。"至少有一点是确定的。"他告诉史密斯博士,"UFO一定是给地球发射的信号,因为我们的空间朋友对地球一无所知。"

史密斯博士和汤姆讨论完这段文字的内容后,接着说:"我了解到C国人探测J国的一些信息。"

"太好了!你是怎样发现的?"

"通过一个朋友,他和从B国来的一些教授做过交流。他了解到这个考查队到过一个古老天文台的遗址,挖掘到一些B国天文方面的档案。"

汤姆感到一丝的兴奋:"这可能意味着他们找到了关于你预测要回来的那颗壮观的彗星——就是正在接近太阳的那颗!"

教授点点头:"是的,汤姆,我也有同样的想法。"

汤姆放下电话后,马上来到斯威夫特父子办公室:"爸爸,这基本证明了人造彗星的故事是骗人的!我相信,是C国人自己编的这些传言!"

"你是怎样做出这样推断的,孩子?"

"这是他们运作事情的典型方法!你看出来没有?他们通过B国的档案一定会计算出很快会有一颗耀眼的彗星出现的,

所以他们故意释放人造彗星计划的'线索'。一旦人们看到这颗彗星，全世界的人都会非常信服！他们会将C国称作世界的空间强国。"

斯威夫特先生听了后感到非常惊讶。"你的思路很有道理，汤姆。"他从椅子上站了起来，在办公室里来回地走着，"这个计划还有另一个好处，通过反对彗星的探测，他们达到了阻止你探测彗星的目的，而且还能让A国无法提高科学声誉！"

汤姆马上接通了W城的电话。"我同意，你的这个想法让我们对于现在的情况有了新的认识。"蒙哥·德雷克说，"也许我们可以说服国务院改变原来的想法。"

斯威夫特父子整个下午都在焦急地等待着结果。刚过五点钟，德雷克回电话了："我们确定C国人属于虚张声势，汤姆，你的彗星探测计划可以恢复了！"

"这个消息太震撼了！"

"你想什么时候起飞，汤姆？"德雷克问。

"周末前就起飞，如果可能。最晚下周一前。"

汤姆整个晚上都在准备空间旅行的事情，第二天朱弟博士收到了安全部门的许可，斯威夫特先生马上给U国发电报。

朱弟博士，个子很高，皮肤黝黑，留着整洁的胡子，周四晚上很晚的时间才到达。第二天上午，汤姆带他到费林岛上的基地参观，并给他介绍了"挑战者"号。

第十七章 一份报告

"马克·保林会和你一起复查设备的。"汤姆说,"还会有一台微小陨石探测器,用来检测彗星慧发和尾部的尘埃颗粒的分布和速度。磁强计,用来研究太阳风和彗星气体间的相互作用。当然还有光谱和光度测量设备,用来对彗核里面结构进行研究。"

"我期待着和保林先生见面,也期待着我的第一次飞行能到达原来只能用望远镜才能看到的地方。"

汤姆答道:"你是第一个对于历史非常了解的宇航员,博士先生,但是我认为在'挑战者'号上,飞行是很轻松的。"

24个小时后,大型的宇宙飞船起飞,踏上它勇敢的彗星航线。汤姆、保林、朱弟和另两名科学家在飞船中,探测仪的成员包括巴德、亚弗·汉森、乔和三名常规空间小组成员。

汤姆已经把程序输入到斥力中,让它保持合理的推进速度。飞船在起飞时没有加速的震动,加速非常平稳。但是到了距火星一半儿的距离时,"挑战者"需要迅速提升速度,最后达到相当高的速度前进,然后再以同样的速度减速。

他们刚好爬过范·艾仑带后,无线电专来了艾姆的声音:

"企业集团吁叫'挑战者'!能听到我吗?"

"非常清楚,哈伦。"汤姆回答道,"有什么好消息吗?"

"不算是好消息,机长,库索夫最后交代了。他说C国人全部出动来破坏你的彗星探测计划,他不清楚他们的计划,但是他确定'挑战者'会遇到严重的麻烦。"

没等汤姆做出回答,巴德紧张地大叫起来:"汤姆,快看!他们正在冲向我们!"

第十八章　光的信使

巴德拉了一下汤姆的胳臂,汤姆转过头来,有一群列队的UFO正在向飞船飞来。

汤姆大吸一口凉气。"做好准备,哈伦!它们过来了,在上面——UFO!"汤姆说着话,同时打开了探测仪的电视和摄像机。

这时的"挑战者"已经达到每小时几千千米的速度了,而且速度还在不断提高,但是UFO好像一直与飞船保持不变的距离。汤姆和巴德像中了邪一样地看着这个耀眼的形状在飞船的周围上蹿下跳,其他机组人员来到飞行舱,一起观看这些光彩夺目的景象。

"如果这些幽灵不只是为我们表演的话,我就给它们做一锅最好喝的汤!"乔小声说。

"你说得对,乔,它们就想喝你做的汤!"汤姆说。

"你还以为太阳系以外的生物用这种方式给我们信号吗?"巴德问。

"我不太清楚。"汤姆回答说,"而且,我的直觉是,他们的信息有些着急。"

为了进一步确定,汤姆用他的空间远程取样仪对准了UFO,但是仍没有分析结果,也没有收到任何颗粒。

最后,这些移动迅速的飞碟飞走了,在空旷的墨色空间里越来越远。

汤姆又抓起了麦克风,向大家通报刚才的情况。

"它们会不会是在通知我们深层空间里面有陷阱?"艾姆回电说,"我认为你们应该返回地面,机长!"

斯威夫特先生紧绷着脸,返回地面意味着敌人的胜利,他们成功地破坏了彗星探测计划。他为这个勇敢的空间伟业做出的所有准备都会付诸东流。

"爸爸,我打算继续向前飞行。"汤姆请求说,"我们的航线是计算机设定的,在彗星接近太阳时就会对它进行拦截。想象一下这是多么了不起的进步呀!这是科学史上的一个里程碑!如果我们返回地面,这个好机会就没了!"

"把预判危险告知一下好不好,汤姆?"

"我确定我们用斥力可以击退所有的外部攻击。"

"对于外部攻击,是有可能的。"艾姆插话了,"但是如果库索夫警告的意思是飞船上有叛徒呢?不能忘了,我们还没有找到企业集团里的内部破坏者。"

"对于这件事儿我不担心,哈伦。"汤姆回答说,"飞船

第十八章 光的信使

上的每一个人都做过安全检查，据我所知，没有必要怀疑他们。你看，爸爸，我把这个权力交给所有的机组人员。如果大家同意继续进行，我们是否需要征得你的同意后才能继续进行探测计划呢？"

又是一阵安静，然后斯威夫特先生说话了："非常好，我同意。"

汤姆转过头来，面对飞行舱中的所有人员："大家都听到我刚才的话了，请大家考虑一下，然后投票。"

开始时，他请飞船其他部门的三名机组人员来到飞行舱，汤姆告诉他们眼下的处境，然后请他们决定。

"我赞成继续飞行！"巴德说。

"我也一样。"亚弗·汉森说。

机组人员一个接一个的表示支持继续飞行，唯一不支持继续飞行的是马克·保林。"我和你一样非常想继续进行这个探测计划。"他沉重地说，"但不要忘了，我是负责设备的，为什么要冒险呢？"

"真想把我的烩菜倒在你的头上，你听到汤姆的话了吗？"乔近乎咆哮了，"我们带着斥力发射器，无论C国人怎样向我们攻击，我们都是可以防范的。这么说来你是害怕了？你知道我们船上有叛徒吧，就像艾姆说的那样？"

"不是的，我从来没有这样说过！"保林脸一下子就红了。

"那你心里是怎样想的呢?"

保林看了一眼周围人的脸,看出来大家对他都很蔑视,但还是说:"我不在乎你们这样想!"

"我们还有别的想法吗?"巴德反问到。

保林非常生气地说:"我刚才的想法是非常理性的,没有别的。如果大家都这样认为,我没有问题,我和大家保持一致!"

汤姆说:"不要让自己感到有压力,马可,如果你认为应该回去,你完全有权力这样说。"

"不提这事了!"保林厉声地说,"我已经说过和大家一致了,而且我会这样做的。大家的投票结果是一致的。"

汤姆冷冷地看了他一眼。"好的,非常公平。"他对着麦克风说,"爸爸,全体船员,同意继续前进。"

"明白了,孩子,祝你们好运!"

汤姆挂断电话后,汤姆又开始思考UFO的问题了,这些神秘的飞碟真的是光的信使?如果是这样的,它们想要说什么呢——提示空间中有陷阱?

"这不可能解释它们为什么总出现在地球上。"汤姆思考着。

于是他有了另一种想法,虽然UFO已经出现在录像带上,它们能否出现在电影胶片上呢?"你来驾驶,巴德。"汤姆说,"我去看一眼摄影机拍下的飞碟。"

第十八章 光的信使

汤姆从摄影机上取下来一卷胶片,马上去实验室冲洗,很快胶片就从自动冲洗机出来了。乔摇摆着来到实验室,看着汤姆把胶片放在放映机里。

年轻的发明家关掉了机舱中的灯光,启动了机器。

"嘿!这些东西移动得没有那些快!"乔大声说。UFO在屏幕上只是模糊的光线轨迹。

"怪不得呢,放映机的速度快了三倍。"汤姆把控制旋钮调到了正常速度的位置,然后他停了下来,光线的轨迹让汤姆回忆起一个淡淡的记忆。他盯着屏幕看着。

"出什么事了,老大?"厨师问。

"乔,我想我解决了UFO的神秘问题!"

汤姆赶紧打开胶片盒,取出胶片放进一台小型相机中。然后在放映机中把胶片倒了回来,他从头按正常的速度播放UFO的胶片。他把相机对准屏幕,拍下光影的细微轨迹变化。汤姆回到驾驶舱时,手里拿着很多张放大的照片。巴德看到朋友脸上兴奋的表情后问:"有什么结果,机长?"

"快来看看这些,巴德!"汤姆把洗好的照片递了过去,"这些照片让你想起来什么东西?"

巴德扫视着这些照片,他开始研究UFO形成奇怪的光线轨迹,皱起了眉头。"不……等一下!这个看起来非常熟悉,但我在哪里……"

巴德突然不说话了,大张开着嘴:"我的天呀,这个难道是史密斯博士在炼金术中指给我们看的那个符号嘛？"

"是的，我敢保证这就是炼金术士接收外太空'白色女王'的通信的方式——这些明亮的飞碟在天空中画出符号。"

"可不是嘛，为什么过去没有猜到这一点呢！"巴德大声说，"你认为这些光是从一个离地救很近的行星上发射过来的博吗？"

"是的，非常可能是阿尔法半人马座或半人马座比邻星，它们两个非常近。"

"但是这些行星上生物是怎样了解到炼金术士使用的符号的呢？"

"这个问题提得好，可能是炼金术士们把这些符号标在山坡上，就像他们用汞写出的符号一样，配合图片或者其他的线索结合起来表达意思。然后这些生物用激光束扫描这些符号。"

"听起来这个猜测很有道理。"巴德认同汤姆的想法。

汤姆接着说："眼下最重要的是马上解码这些符号！"

汤姆给费林岛打电话，与在企业集团等候的斯威夫特先生通话。斯威夫特先生激动地听着汤姆的汇报。

"我用远程扫描把这些信号传给地球，爸爸。"汤姆说，"然后你们可以用视频电话，把它们传给T城的史密斯博士。"

"好的,儿子,我会马上通知杜布瓦的!"

午夜了,斯威夫特才等到回信。汤姆和巴德单独在飞行舱内。此前亚弗和另一个机组人员负责驾驶,现在又轮到汤姆和巴德接替晚班。突然,传来老汤姆用无线电的喊话:"企业集团呼叫'挑战者'!"

"收到,爸爸。"汤姆回话说,"有史密斯博士对这些符号的解释吗?"

"是的,儿子,他完成了翻译工作,这是一个提醒信息,是这样的,它不只是提示空间有陷阱。它说的是要有一个比我们想象还要严重的灾难!"

汤姆感觉到爸爸的声音中带有极大的恐惧:"都说了哪些信息,爸爸?"

"马上要到来的彗星有致命的危险!当它经过地球的大气时,会发出有毒的射线,可以消灭所有形式的生物!"

第十九章　冒险的计划

越来越近的彗星实际上是一枚厄运炸弹！汤姆和巴德听到这个消息后不禁惊恐万分。

"你们通报给政府没有，爸爸？"

"通报过了，联合国准备明天召开紧急会议，会议邀请每个国家的顶级科学家参会，防放射尘埃避难所计划可能是唯一的方法——但是毫无疑问无法做到保护世界上所有人口。"

汤姆放下电话后还没有恢复过来，巴德说："我们下一步该怎样做，机长？"

"现在我还不知道，我得需要一点儿时间才能想明白……'挑战者'号的放射保护层将会……将会……"

汤姆的声音越来越小，巴德敏捷地看了汤姆一眼，汤姆头垂了下来，眼色迷离。

"汤姆！……汤姆，你生病了吗？"巴德从副驾驶的单人椅子上跳了起来，摇晃着他的朋友。巴德在叫喊的同时，自己的脚也变软了，接下来就是一阵头晕。

第十九章 冒险的计划

此时的汤姆正在竭尽全力让自己振作起来,想到自己可能会死,如同给他浇上一盆凉水。"慢一点儿,巴德!"他站了起来,抓住副驾驶的胳臂。

"是……是什么东西引起的?"巴德结结巴巴地说,"我们是不是接近彗星放射带了,或许C国人开始对我们进行了破坏?"

"我也不清楚!"汤姆伸出手按下飞船的全船警报按钮,"可能空气供应出了毛病,我们最好检查一下!"

把"挑战者"交给计算机负责航行,两个男孩戴上氧气面具,乘升降梯来到停机棚的甲板层,两个人的脚步都非常不稳。

汤姆第一个来到空气净化系统舱内,门没有锁,他打开门向里面看去。

他看到有一个戴着氧气面具的人正在弯腰摆弄着设备,他惊得喊出声来:"保林!"

保林先是一惊,然后抬起头来。他的手里拿着一把板子,"汤姆,我……我……没听见你进来。"

"我估计你没听到我的脚步声。"汤姆快速的思考着,眼下没有时间和他啰唆了。他的体力随时可能支持不住,于是他调动起自己所有的力气,猛地冲向保林。

在被扑过来的一瞬间,保林有些措手不及,他被汤姆按倒在地上,然后轮起板子自卫,汤姆抓住了他的手腕,两个在甲板上摔起了跟头。

保林看起来力气不大，但打得很勇猛，他们一直在撕扯着，汤姆想按住保林的胳臂。

这时传来了巴德的声音："让他起来吧，机长！我来收拾他！"

巴德从舱外拿来了一个便携斥力，汤姆放开对手，保林慌忙站了起来不知所措。然后保林重重地向后倒去，看不见的斥力把他牢牢地固定在双层隔板上。巴德早就在走廊里选好位置，站稳后把斥力对准了保林。

"你们两个人到底是怎么回事儿？"保林喘着气，"你们用这样的方式对待我像……像……"

"叛徒！"巴德厉声说，"一点儿不错，这个词非常合适你，对吧，用这个词说一只破坏飞船空气净化系统的可怜的老鼠再合适不过了。"

"你们疯了吧！"保林反驳说，"我不是！"

"慢慢来，否则我用斥力波把你肺里的所有空气都挤出来！"

汤姆赶紧检修设备。他打开纯净氧气开关，让氧气进入系统，加速所有机舱的换气，然后打开紧急净化设备，排除有毒气体。

空气慢慢地恢复了正常，几乎都要瘫倒了的汤姆、巴德两个人，随着吸入新鲜、富含氧的空气很快恢复了体力。

第十九章 冒险的计划

这时，大多数的机组人员都跑着来到这个机舱，巴德告诉大家事情的真相。

"你错了！"保林拼命地争辩说，"我不是来破坏供氧系统的！我是来修理的！我知道这里出了问题，因为我自己也感到头晕！"

"为什么你不按警报？"汤姆问。

保林无助地耸耸肩："我不知道，也没想到这个问题，我想，我只希望在没有晕倒前把设备修理好。"

"不要这样骗我们了！"巴德嘲笑地说，"你和山姆·克利维特在汤姆的实验室里的事儿已经骗过我们一回了，那一次你把罪责推给了山姆。这一次你让我们逮个正着儿！"

保林看到机组人员脸上的愤怒表情一下子蔫了下来："好吧，我承认我是在企业集团内部的破坏者，但我发誓我没有破坏'挑战者'的空气供应系统！"

保林坦白说，在克利维特要进汤姆的实验室时，他刚要开始破坏汤姆的空间远程取样仪。他赶紧藏在门后，把克利维特打晕。在保林没有搞完破坏前，克利维特醒了过来，虽然克利维特有些眩晕，但还是继续攻击他。

保林说，他在汤姆的便签薄上画了彗星的符号，同时把他打晕，以防事情败露。汤姆弄坏电缆线后，也是他打了那个疯狂的电话。后来，他在"蓝天女王"上安上了燃烧弹，还在汤姆给记者演示机载远程取样仪之前，调换了激光开关。

第十九章 冒险的计划

"为什么这样做呢，保林？"汤姆问，"你做这些事情想干什么呢？我们的企业集团对你不好吗？"

保林沮丧地垂下了头。"我这样做是给我爸爸报仇。"他解释说，"科特·保林是西海岸原子能电厂的物理学家，花了好多年设计出一台新型质子加速器。但老汤姆·斯威夫特成功研制出来一款中子加速器，于是我父亲一辈子的心血都白花了，老保林的精神因此崩溃了。"

"这就是我为什么来到企业集团申请工作。"保林接着说，"你们斯威夫特一家可能从来都没有听说过我父亲的工作，但我决心让你们买单。"

"我估计你建议我们返回地面，是因为这是让我们取消彗星计划的最容易的方法。"汤姆说。

保林点头："是的，我不怕危险，所以我改变了我的投票，我也不希望大家认为我是胆小鬼。"

"所以你选择另一种方法报仇。"亚弗·汉森愤怒地说，"破坏空气供应系统，让探测仪所有的人员不能工作。"

大家没有找到保林可能用来提供毒剂的容器和线索，汤姆对此感到非常奇怪。所有的迹象都指向保林，但是汤姆仍不能让所有人员的安全有任何风险，他要求把保林关在储藏室里。

然后汤姆告诉所有的探测组人员，彗星致命射线很快会给地球带来危险。"如果按现在的飞行航线，我们自己将会接触到最大强度的射线。"他沉重地说，"我相信，'挑战者'号的防护层能够保护我们，现在由你们大家来决定，我们迎着危险而上，还是返回地面。"

这话惊得大家一言不发。这时，迪克·拉姆森，一位探测仪的科学家，开口说话："如果我们返回地面，我们还会面对放射线尘埃，和其他人是一样的，对不对？"

汤姆点头："是的，但在防放射线尘埃掩体中还有生的希望，前提是我们能找到可以躲藏的地方。"

巴德说："假如我们继续飞行，机长，你有没有方案来挽救我们的地球？"

汤姆紧张地踱着步："有的，我认为有可能把这颗彗星引得离地球更远一些，让它的尾部无法接近大气层。但我要警告大家，这个工作非常危险！如果我失败了，我们都将化为灰烬。"

"因为彗星的质量特别小。"汤姆解释说，"它们很容易受到外在的引力影响，就是斯威夫特彗星也会因为一个相对小的'推力'改变轨迹。飞船上的斥力可能完成这个任务，特别是加上火箭燃料的定向爆炸，会加强这种效果。"

他画了一个火箭推动计划的草图，可以把这个东西安装在彗星的彗核里面，再把"挑战者"中辅助火箭中所有的燃料用做动力——实际的效果如同把彗星核变成一艘巨大的"火箭飞船"。火箭燃料爆炸的反应作用，加上"挑战者"斥力的巨大推力，可以让彗星进入一个新的轨道。

第十九章 冒险的计划

乔赶紧插话说:"我不太相信我能听懂这些,头儿,但我同意我们试一下!"

所有的机组人员都同意这样做。

汤姆马上启动他的计划,所有的人员紧张地工作,几乎没有时间休息,按汤姆设计的样式准确装备彗星"火箭发动机","挑战者"的机修间和加工间紧张地忙碌着。

日子一天天过去了,他们离目标越来越近了。汤姆不停地查看放射线监视器的情况,同时用取样仪从彗星核上取样,结果发现其构成和天文学家的预测有很大差别,里面有冻结的甲烷、氨、二氧化碳和水冰,还有一些钠、铁、镍和铬元素,但这些东西都有很强的放射性!

最后他们进入了闪着火光的慧发里,奇怪的光线照进了飞船,"挑战者"加速向彗核飞去,巨大的飞船慢慢地触及彗星的冰层,汤姆还担心着陆架会陷进它的糊状的表面,但实际上感觉是表面很坚硬,足以支撑起飞船的重量。

所有的工作人员都穿上了防放射的空间服,把一台小型的原子地表爆破器从飞船弄出来,在火星表面打洞,以便安上火箭推进装置。等洞内的温度降下来后,再在里面安上管槽衬里,然后非常小心地把飞船上的燃料泵进洞里。最后拆下"火箭引擎",然后装在上面,并与火箭的管子接好。

汤姆喘了一口粗气。"眼下看情况还不错。"他通过空间服装上的无线电告诉大家,"现在去……"

这时有人抢着说话了。"做得非常好,你们这些A国傻瓜!现在你们可以坐上你们的飞船投入到太阳的怀抱中去了,那里就是你们的炼狱!"这是康拉德·朱弟的声音,然后就是他的一阵大声讥笑。

汤姆和同伴们惊讶地四处看着,"挑战者"从着陆的地点升了起来,穿过了闪光的慧发!

第二十章 彗星征服者

在超强放射线的彗星上,他们与世隔绝了!看到自己飞船离去,大家目瞪口呆,恐惧让大家不知所措,汤姆第一个从恐惧中恢复过来。

"火箭燃料!"他大声说,"如果朱弟点燃这些燃料,我们都将被炸成碎片!"

汤姆马上采取行动,他明白这个叛徒,在"挑战者"号没有达到安全的范围内不会引爆推进装置,但也只有几秒钟的时间了。汤姆用戴着铁手套的手,笨拙又快速地断开无线电启爆电路,然后他停下来喘了一口气——汗水让空间服里面很是潮湿。

"快快想一想,机长!"巴德抓住汤姆的肩膀。

"我们的处境不太好,巴德。"汤姆看着大家不安地说。

从哪里能得到救援呢?不会有地球来的宇宙飞船能救他们了,彗星会向着火热的太阳飞行,在这种灼热的射线下,生存的机会的确非常渺茫。

"这个混账的'响尾蛇'朱弟！"乔愤愤地说，"我真想用我的菜刀收拾他！"

"他才是C国人的秘密走狗，不是保林！"亚弗插话说。

保林！汤姆想起这个天文物理学家还在"挑战者"号上，被锁在储物间中，心里一振。"巴德！内部通话系统没关闭，是不是？"汤姆问。

"是的，机长。"在卸下火箭推进装置时他们打开了内部对讲系统，这样宇航员可以通过宇航服上的无线电与飞船上的任何部分交流，他们的声音能够被传到扩音器中。"为什么？"巴德问。

汤姆没有回答，而是马上说话："保林！马克·保林！请拉动门左边藏着的小环！这是紧急通知！"

其他人屏住呼吸，看到汤姆非常紧张的状态，他们现在知道他没有回答巴德的原因了。汤姆通过空间服无线电的回答也能被朱弟听到。

"你能听清吗，马可？"汤姆紧张地问。

还没有回答。

"朱弟已经关闭了内部对话系统了！"巴德说。

"我们只能期待保林听我们的话了，理解我的意思。"汤姆说。

第二十章 彗星征服者

"你说的那个隐藏的小环是什么意思？"迪克·拉姆森插话说。

"它会启动一个CO_2压缩罐，会把铰链的钉子炸开，然后把门弹开。每扇里面的舱门都有一台这样的装置。空间机组人员都知道这个系统，但是你们科学家们不了解这个。"

现在没有别的办法，只能等待，所有的人都知道他们的生命要靠保林了，但是即便汤姆的呼叫能帮助他从机舱中出来，他会来救他们吗？

宇航员们紧张地看着上面的彗星彗发发出的光芒，盯着越来越远的"挑战者"号。现在飞船已经变成一个小光点了，因为它的光滑表面所以反射性很强，他们还能透过发光的蒸气看到它。最后亮点也消失了。

随着时间越来越长，困在这里的这些宇宙员开始失望了，这时汤姆大喊起来："我看到它了！"

光点又出现了！所有的眼睛一齐向汤姆指的方向看去。"光点越来越大！"巴德大喊着，"飞船回来了！"

"汤姆呼叫'挑战者'号！"汤姆呼叫着，"能听到吗？"

无线电话传回声音："保林正在收听！收到你的呼叫，一切处于控制中。"

所有的宇航员顿时欢呼起来！

"朱弟在哪里，保林？"汤姆问。

"躺在甲板上。"保林回答,"我从储物间出来后,不得不用板子把他打晕,他好像就要醒过来了,但我已经把他的手腕捆了起来。"

"挑战者"最后在彗核上降落了,汤姆和大家欢呼起来,保林客气地说:"不用谢,我本来是怨恨你和你的爸爸,但我不是叛徒,实际上,这是一个很好的让我赎罪的机会。"

"你这远不是赎罪,保林。"汤姆说,"但我们以后再谈这个问题。眼下在彗星尾部没有接近大气层前,我们得使这个彗星发生偏离!"

汤姆把启爆电路又接上了,然后宇航员们登上"挑战者"号飞了起来,离开了彗星的冰核,达到了安全的距离。

"现在开始!"汤姆按下按钮,彗核喷出了火光,掩藏在浓浓的烟雾中!宇航员们看到彗核在大爆炸之后已经起了变化。

然后,汤姆调整了斥力的发射器,把斥力束一端对准地球,另一束对准彗星体。汤姆以最大的推力发射。彗核慢慢地离他们远去,离开了原来的轨道。

"我们的推力够不够,机长?"巴德问。

汤姆正在检查空间位置搜索器屏幕上的彗核——一个红色发亮的图形,然后又核对了设备上的数据。"现在还不能确定,巴德。但我希望已经够了,甚至地球都已经有了一点点移动了,一点点的轨迹变化最终可能导致彗星轨道几千千米的

变化,它的新轨道将会使它更接近太阳的引力场,这会让它更加偏离原来的轨道,我们现在只能祈祷了。"

屏蔽效果非常好的"挑战者"号正飞行在返回地球的途中,它穿过了彗星发光的慧发和宽宽的彗尾,地球上通过无线电向他们及时汇报情况。

最后,斯威夫特先生给他们带来他们一直期盼的消息:"我们的卫星监视到只有少量的放射性尘埃,对地球上的任何生命都没有危险。"

全体人员欢呼起来,与汤姆握手。

后来的一个报告则引来了大家的爆笑。斯威夫特先生说C国人一直疯狂地否定放射性的彗星和他们有关,同时还在强调他们没有发射过任何彗星。"他们的宣传特技这回火了,很多人认为他们打算称霸地球。"他还告诉大家C国人说根本没有搞过什么破坏活动。

自从"挑战者"号从彗核起飞后,就一直有人看守着朱弟。在飞船接近地球时,朱弟死不悔改的态度开始软化了,最后他要求见汤姆,同意把他的事情全部交代,以求得宽大处理。

"我不能答应你任何条件。"汤姆生硬地说,"但是你提供的信息一定对你有好处,我当然会尽自己的努力。"

朱弟点头。"这就非常好了,我不是康拉德·朱弟博士,我是C国的特务,我的名字是巴甫洛夫·李亚基姆。"

他还透漏，库索夫把教授访问汤姆·斯威夫特的事情汇报后，他们安排了两名D国特务监视史密斯博士。其中有一个人是"弯钩鼻子"，他们跟踪汤姆的团队来到恩茨巴赫城堡，想用滚动巨石杀死汤姆，还偷偷地进入了炼金术士的山洞。还有一个进入了城堡，想了解汤姆在D国的工作情况。后来，"弯钩鼻子"偷听了史密斯给朱弟博士打的电话，于是了解到U国天文学家将会参与彗星探测仪的工作。

真正的朱弟博士，李亚基姆说，已经被劫持到了U国，李亚基姆代替了他的位置，这样更便于破坏汤姆的彗星探测计划，在必要的时候夺取"挑战者"。

汤姆马上把情况通报给艾姆。

当他们降落在费林岛时，岛上举办了大型的欢迎会，A国政府和很多国家的官员都亲自来感谢汤姆·斯威夫特和他的勇敢团队，感谢他们挽救了地球上的一场灾难。汤姆一直被邀请面对摄像机做演讲或参加访谈。

斯威夫特夫妇、桑迪、菲利斯、哈伦·艾姆斯和宇航员乘坐"蓝天女王"一起飞回企业集团。艾姆告诉汤姆，通过李亚基姆的信息，U国警方已经营救出朱弟，同时抓住了劫持者。弯钩鼻子的那个特务和他的同伙也已经在D国落网。

"这可是太好了，哈伦！"汤姆满意地喘了一口气，在舒适的长椅上放松地坐了下来。

"又在想什么新的东西呢？"桑迪要求哥哥，"菲利斯和我

打算让你和巴德在地面上多等一段时间！"

汤姆笑了，他的彗星探险让他产生了很多探索空间的想法。用不了多久，汤姆将会参与一个远离地球的惊人探险。

斯威夫特先生笑着说："另外，记着你在联合国有一个演讲，汤姆，一定要得一个金奖呀！"

"向联合国做演讲？"汤姆显得有些失望，然后看到巴德和两个女生后，又微笑起来，"好吧，但是先告诉他们我已经把时间都安排满了，要做另一次彗星旅行——乘坐巴克利彗星到海边儿去！"